HIJO DEL CAOS

Una saga con orígenes oscuros

LEXI C. FOSS

Traducido por
L.M. GUTEZ

Traducido por L.M. Gutez
Edición a cargo de: Jordan Kirksey

Diseño de la cubierta: Bewitching Covers by Rebecca Frank

Edición digital

eBook ISBN: 978-1-950694-81-5

Tapa Blanda ISBN: 978-1-950694-87-7

❀ Creado con Vellum

Para mi abuela "Jo" por creer en mí y decirme que siguiera mis sueños.
Estás siempre en mi corazón y eres mi propio ángel de la guarda <3

CIERTO CONSEJO DE XAI

No estoy ni cerca de ser tan bueno en esto como Evangeline.

Aparentemente necesitas saber sobre el tiempo y cómo varia entre los reinos. Es matemática básica; un día en la Tierra equivale a un año en el Infierno. Semejantemente, un día en el Cielo es un año en la Tierra.

¿Ya podemos continuar? Porque tengo una cita con Evangeline y ha prometido dejarme jugar con sus cuchillas. Ya, tal vez estoy distorsionando un poco la verdad, pero de todos modos jugaré con ellas y disfrutaré verla intentar detenerme.

Hasta la próxima, queridos.

Xai

EL GLOSARIO DE XAI

Ángel: Seres superiores, claramente.

Arcángel: Ángeles en la cima de la jerarquía angélica.

Ángel oscuro: El adorable apodo que Evangeline me puso.

Origen Oscuro: Una facción de los Nefilim que quiere proteger a la humanidad y que necesita tremenda orientación de sus superiores (Ángeles, por si no estás leyendo en orden). Evangeline se preocupa por ellos. Así que yo también lo hago.

Demonio: Engendros del inframundo.

Divinidad: Hijos del Cielo y del Infierno que trabajan juntos para mantener el equilibrio.

Ángel caído: Ángeles o Arcángeles que vagan por la Tierra o el Infierno.

Híbridos: Creados cuando los demonios fornican en la Tierra con los mortales. No es común porque frecuentemente son asesinados por diversión por los secuaces del Infierno.

Nefilim: Creados cuando los ángeles fornican en la Tierra con los mortales. Aparentemente, estoy a cargo de un ejército de ellos. Véase la previa definición de Origen Oscuro para más detalles.

EL DICCIONARIO SOBRE DEMONIOS DE XAI

Archidemonio: Príncipes del Infierno, también conocidos como demonios que se sientan en la cima de la jerarquía demoníaca. Similar a los Arcángeles, pero no tan bien parecidos.

Cíclopes: Demonios gigantes con un ojo y sin cerebro.

Dargarian: Excelentes guardaespaldas que escupen fuego.

Señor demoníaco: Aliados sensatos en la Tierra donde cada uno mantiene su propio territorio y a todos los subordinados demoníacos que residen en él.

Demonio Necrófago: Demonios de "la basura" que ayudan a limpiar los cadáveres comiéndoselos.

Custodio: Comúnmente usados como guardaespaldas por su fuerza bruta, pero su falta de inteligencia los hace inútiles. Véase la definición anterior de Dargarians para una mejora en la seguridad.

Íncubo: Demonios masculinos que requieren energía sexual para mantenerse vivos y que comúnmente se follan a los mortales.

Ōrdinātum: Título asignado a los demonios que supervisan regiones específicas dentro del territorio de un Señor Demoníaco.

Diablos Orsini: Pequeños e irritantes demonios con tendencia a hacerse invisibles. Solo para espiar cuando no hay otros recursos disponibles.
Pestes: Mascotas de aspecto humanoide del Archidemonio Alastor conocidas por causar plagas y otras enfermedades. No están permitido en la Tierra por razones obvias.

Moradores del Portal: Demonios extremadamente útiles que pueden teletransportarse fácilmente entre los niveles pero que tienden a hablar demasiado. O al menos Remy lo hace.

Guardias de su Majestad: Demonios ocultos asignados para proteger a los Príncipes del Infierno; no es que realmente requieran protección. Es más bien un símbolo de estatus pedante. No hay equivalente en el Cielo, y por una buena razón.

Depurador: Demonios útiles que borran los recuerdos.

Sombra: Quimeras de antiguas entidades demoníacas que se alimentan de la vida en los Reinos de Sombras.

Reptilios: El tipo de demonio menos preferido de Evangeline debido a sus cuerpos en forma de serpiente y a su inclinación de eyacular veneno. Deberían ser asesinados para hacerla feliz.

Súcubo: Demonios femeninos que requieren de energía sexual para mantenerse vivas y que comúnmente se acuestan con mortales.

Rastreadores: Valiosos demonios que pueden sentir y rastrear auras. Siempre es bueno tener uno como amigo, a menos que te hagan enfadar, en cuyo caso mata al Rastreador y contrata ayuda según sea necesario en el futuro.

Capítulo Uno

EL INFIERNO NECESITA NUEVOS SUBORDINADOS

—MAL HECHO.

Lancé una cuchilla hacia la burla y maldije cuando el bastardo la agarró por el extremo afilado. El ángel oscuro la tiró a un lado con un movimiento de su muñeca.

—Eso ha sido una falta de respeto —acusé. La plata no existía en la Tierra, lo que volvía invaluable al objeto. Merecía ser dejada a un lado con cuidado, no tratada como basura.

Mi oponente se encogió de hombros.

—Entonces quizás deberías considerar mejorar tu puntería.

Entrecerré los ojos.

—Si querías que te hiciera sangrar solo tenías que pedirlo.

Xai no sonrió.

—Deja de coquetear y desafíame, Evangeline.

Arrogante idiota.

Palmeé dos cuchillas mas y rodeé al alto, atlético y sexi-como-el-pecado ángel que estaba frente a mí. Su traje negro servía como una burla, como una forma de decir que no creía que yo pudiera arruinar su costosa vestimenta.

Lástima que tenía que demostrarle que estaba equivocado.

Contrarrestó mi patada por debajo con un salto, tal como lo anticipé. Pasé mi daga hacia arriba en el ángulo perfecto para atrapar su muslo y sonreí mientras cortaba la tela de sus pantalones a medida.

Salté hacia atrás, triunfante, y gruñí mientras su palma golpeaba el centro de mi pecho. El concreto pellizcó mi espalda mientras aterrizaba bruscamente sobre mi culo.

—Mierda —respiré mientras comenzaba a ver puntos negros.

—Si vas a arruinar mis pantalones, mejor que vayas por la arteria femoral —regañó—. Creía que los Nefilim estaban mejorando tu combate, amor, no empeorándolo.

—Que te den —me las arreglé para decir mientras se sentaba a horcajadas sobre mí y se acomodaba.

—Oh, llegaremos a eso —prometió, con sus negros ojos burlándose seductoramente.

Me quitó las cuchillas de las manos y las dejó a un lado antes de deslizar las palmas de sus manos bajo mi blusa y encontrar las otras dos armas sujetas a mis costillas. La última vez que hicimos esto me dejó armada y destruí una de sus camisas favoritas. Parecía que no quería que aquello se repitiera.

—No juegas limpio —le dije mientras los puntos negros de mi visión comenzaban a desaparecer.

—¿Qué habría de divertido en eso? —Preguntó mientras trazaba una de mis cuchillas en el centro de mi pecho—. Y me has dicho que no sea duro contigo.

Resoplé.

—Imbécil.

—¿Ahora quién está siendo irrespetuosa? —Preguntó, sonriendo—. Has tenido una oportunidad perfecta para hacerme sangrar y en cambio has elegido arruinar mis pantalones. Yo he aprovechado el momento, como lo haría cualquier otro ser en mi posición al enfrentar a la Hija de la Muerte.

—Zalamero —murmuré, divertida. Porque él tenía razón. Yo podía vencer a casi cualquiera en un combate gracias a mi herencia de letalidad y a mi afinidad por los juguetes afilados, pero Xai casi siempre me superaba. Hubo momentos en nuestra larga historia en los que logré vencerlo, pero eran poco frecuentes. Y yo no los habría hecho de otra forma.

Xai presionó el cuchillo contra mi garganta para después inclinarse y rozar sus labios sobre los míos.

—Creo que los Nefilim necesitan un instructor más severo, amor.

—Matarás a la mitad de ellos.

—Se recuperarían. En teoría. Como sea.

No parecía tan preocupado. Pero bueno, la humanidad nunca le importó mucho. Una consecuencia de pasar más de dos mil años en este nivel.

—Mietek dijo que estamos aquí para ayudar a guiarlos, no para masacrarlos —le recordé.

Se sentó de nuevo con la cuchilla apuntada contra mi garganta.

—Ellos están destinados... —la oscura mirada Xai se dirigió a los bosques que rodeaban nuestro hogar mientras una descarga de energía teñía el aire nocturno.

Un demonio.

Y no, no cualquier demonio.

Un archidemonio.

Xai se puso de pie, alerta. Me uní a él, dándole la espalda a sus espadas de plata que pronto se deslizaron hasta mis palmas. Elegimos este lugar de retiro por su altitud y exclusividad, dándonos la máxima ventaja en caso de que algún indeseado decidiera perturbar nuestro dominio.

Una sacudida de túnicas sonó a mi izquierda cuando varios miembros de la Guardia Real aparecieron. El emblema incrustado en sus mantos azul oscuro pertenecía a Ashmedai. Él apareció detrás de ellos con su pelo rubio platinado brillando bajo la luz de la luna, con su esculpido abdomen al descubierto y un par de pantalones cortos colgándole desde sus caderas.

Xai era hermoso por méritos propios mientras que Ashmedai desafiaba toda razón. Los mortales no tenían ninguna posibilidad de estar en su presencia. Joder, incluso yo quería llorar al verlo. Y la forma en que las estrellas parecían brillar sobre él mientras avanzaba no ayudaba en nada.

—Pero qué frío de mierda hace aquí arriba —dijo, con las cejas fruncidas hacia abajo—. Prefiero por mucho Miami.

—Eres bienvenido a ir allí en vez de aquí—respondí, sonriendo—. No nos importará.

Xai resopló, cruzándose de brazos.

—¿Por qué estás aquí, Ashmedai?

—Te pareces tanto a tu padre —murmuró el Archidemonio —. Siempre queriendo hablar de negocios en vez de placer —pronunció la última palabra con un giro de la lengua y me miró fijamente con su intención clara. Xai no mordió el anzuelo, su confianza era tan elevada como la de Ashmedai en cuanto a la energía seductora y las miradas. La arrogancia de ambos era casi sofocante.

Casi.

—Ve al grano antes de que otros decidan acompañarnos —dije, haciendo girar la cuchilla de plata entre mis dedos—. Sabes que no se te permite subir a este nivel.

Se encogió de hombros con las manos metidas en los bolsillos de sus pantalones cortos. La mayoría de los archidemonios usaban sus túnicas ceremoniales, pero no Ashmedai. No, parecía como un surfista listo para enfrentarse a las olas.

—Es mucho más fácil para mí ascender que para ellos descender.

Ashmedai se detuvo frente a nosotros, con su poder filtrándose fuera de su aura a manera de ondas. La Guardia Real a sus espaldas era solo exhibición. Los archidemonios no necesitaban ayuda cuando querían destruir algo, y tampoco solían aparecer con un custodios armados. Lo que significaba que Ashmedai necesitaba algo.

—Kalida escapó—murmuró, como si leyera mi mente. Joder, probablemente pudo hacerlo, por lo que no era necesario expresar mi sorpresa ante sus dos palabras.

—¿Cómo? —Exigió Xai.

—Un misterio que todavía estoy intentando resolver —los hombros de Ashmedai se levantaron y cayeron—. En este momento estoy más preocupado por recuperarla ya que escapó a este nivel. Ambos me ayudaréis a encontrarla.

Tan confiado.

Y por supuesto que no sucederá.

—La localicé después de que me inculpara de un asesinato que no cometí, el suyo, y esa experiencia fue suficiente para que me durara una eternidad. Si los demonios la dejaron escapar entonces ellos deben arreglarlo, no yo.

Le dediqué a Ashmedai la sonrisa más cortés que pude poner.

—Estamos ocupados este fin de semana, pero gracias de todos modos.

Ashmedai igualó mi sonrisa poniendo una deslumbrante.

—Me agradas, Evangeline. Siempre cuestionando la autoridad y pensando que tienes una opción.

—Y tú también me agradas, Ash. Siempre ordenando y pensando que de inmediato obedeceré. Tan adorable.

Los Guardias de su Majestad se enfurecieron por mi apodo y tono usado, claramente no aprobando. La diversión de Ashmedai simplemente aumentó.

—Kalida escapó hace veintisiete horas Terrestres y he pillado su ubicación a esta región. Eso debería darte un comienzo aceptable, pero te sugiero que dejes de perder el tiempo conmigo y empieces a buscar.

—Creo que no me has entendido. Cuando he dicho que estamos ocupados, esa ha sido yo rechazando tu petición.

—Mi orden —corrigió.

—Petición —repetí—. Mira, yo la atrapé la primera vez y tú la perdiste. Esa situación jodida la tienes que resolver tú, no nosotros.

Arqueó una de esas cejas arrogantes.

—¿Ni siquiera si te ofrezco dejar que la mates?

Resoplé.

—Como si fuera a ensuciar una cuchilla con su sangre. Hace dos décadas tuve la oportunidad de matarla y la dejé pasar. ¿Por qué cambiaría de opinión ahora?

—¿Qué hay de tus preciosos humanos? —Ashmedai arrastró las palabras—. Piensa en el caos que ella les puede dejar caer encima como una súcubo hambrienta...

—¿Chantaje emocional, Ash? Estoy decepcionada.

Las comisuras de sus labios se alzaron.

—¿Necesitas más incentivos, entonces?

—El incentivo implicaría un interés, del cual no tengo ninguno. Haz que uno de tus sirvientes demonios la rastree —tenía mejores cosas que hacer, como entrenar a un ejército de Nefilim para mantener el equilibrio en la Tierra.

—No tiene a nadie más —murmuró Xai, con sus ojos negros brillando debido a algo que se encontraba recordando—. Su aura nuevamente ha desaparecido, ¿no es así?

Ashmedai se limitó a mirarlo, con su silencio diciendo más de lo que las palabras podrían.

Xai sonrió con suficiencia.

—Sin un aura hay muy pocos seres competentes para localizar a Kalida y necesitas resolver tu problema de traidor en el Infierno antes de que puedas ocuparte plenamente en capturarla. Por eso estás aquí.

Ashmedai simplemente se encogió de hombros en respuesta, sin confirmar ni negar la acusación.

—Todavía no veo cómo este es mi problema —señalé. El Infierno tenía que aprender a controlar su propio mundo y no depender de los Ángeles Caídos del mundo. Me había jubilado por una razón.

Los labios de Ashmedai se curvaron y un brillo siniestro tiñó sus ojos violetas, uno que envió un escalofrío a través de mi columna vertebral.

—Pensé que te sentirías así, Evangeline —esas palabras no aliviaron mi preocupación y tampoco el chasquido de sus dedos que le siguieron—. Así que he traído algo de motivación, ya sabes, para hacer de esto tu problema, como has dicho tan elocuentemente.

Un Morador del Portal apareció llevando en sus brazos a una mujer con abundantes rizos marrones y con jeans y un suéter. Sus ojos color avellana miraron entrecerrados a Ashmedai y sus insultos salieron como farfullos debido a la mordaza alojada entre sus carnosos labios.

Trudy...

Oh, mierda.

Mis nudillos se apretaron alrededor de mis cuchillas.

—Te sugiero que la dejes ir, Ash, antes de que yo te obligue a dejarla ir.

Él podía ser un archidemonio, pero esa Nefilim me pertenecía. Di un paso adelante y mis pies se pegaron al suelo. *Maldita telequinesis.* ¿Había algún poder que este Archidemonio no tuviera?

Ashmedai se rio.

—Ya, ya, prometo tratarla bien. Solo quería darte una razón para que trabajaras conmigo, lo que creo que ya se ha logrado, ¿verdad? —Miró con evidente diversión en sus rasgos a la mujer que se encontraba forcejeando—. Cuando mis asesores me hablaron de tus sentimientos de protección hacia ésta, tuve mis dudas. ¿Por qué te preocuparías por un Nefilim? Quizás lo sepa cuando la tenga en cautiverio en mi reino.

—Es una niña, Ashmedai —Xai sonaba y parecía mucho más tranquilo de lo que la situación ameritaba. Yo sabía que era mejor no confiar en la fachada. Xai iba al límite de su letalidad cuando fingía desinterés.

—¿Una niña? —El Archidemonio examinó a la furiosa hembra con demasiado interés—. ¿Con esas curvas? Hmm, no lo creo —su mirada violeta se volvió lentamente hacia la mía—. Evangeline, rastrea a Kalida y tráemela a mí, preferiblemente viva, pero no es necesario, y a cambio te devolveré a tu protegida. ¿Te parece?

—¿Qué si me parece? —Repetí. La ira se infiltró en mi tono —. En serio tienes ganas de morir —Trudy no solo era mi protegida, sino también la alumna favorita de mi padre—. Azrael te hará pagar por esto.

Ashmedai sonrió con suficiencia.

—Solo si puede encontrarme en el Infierno, cariño. Feliz cacería.

Desapareció en un instante junto con toda su Guardia y Trudy.

Fui tras ellos; mis piernas lentamente recordando cómo funcionar.

—Coño.

Xai se rio. Su palma se deslizó hacia mi espalda baja.

—Una invitación que me encantaría considerar, querida, pero parece que tenemos un demonio que encontrar.

—Podría matarla —gruñí, refiriéndome a Kalida—. Solo por las molestias —y probablemente también apuñalaría a Ashmedai como un "extra".

Con una cuchilla de plata.

—Un espectáculo que ciertamente disfrutaré.

—Lo digo en serio —me volví para mirarlo—. Y más vale que ese Archidemonio no le haga daño a Trudy.

—No tiene motivos para hacerle daño, amor. La necesita como un recurso para presionar.

—Aún así, es una Nefilim, Xai.

El Infierno no era amable con los seres celestiales.

Me palmeó la mejilla, con una mirada intensa.

—Confía en ella para cuidarse sola, Evangeline. Está entrenada por los mejores.

Mi padre.

Yo.

Xai.

No podría estar mejor preparada.

—¿Cómo supo siquiera Ashmedai de ella?

—¿Cómo es que siquiera los demonios saben algo? Estará bien, cariño. Nos centraremos en encontrar a Kalida, luego la torturaremos y la mataremos y entonces Trudy volverá a nosotros en un abrir y cerrar de ojos —me envolvió el brazo alrededor de la cintura, acercándome—. Ahora, ¿vamos a visitar la armería?

Suspiré, apoyando mi cabeza contra su hombro.

—Siempre me dices las cosas más dulces.

Me besó la frente.

—Oh, y Gleason también mencionó algo sobre nuevos juguetes.

—Y ahora solo intentas seducirme —acusé, sin poder evitar que la sonrisa iluminara mi voz.

La energía oscura de Xai me envolvió, acariciando mi piel y calentando mi sangre.

—Siempre.

Incliné mi cabeza para mirar sus ojos negros.

—¿Quieres cazar a un demonio granuja conmigo?

—Sabes que sí.

—Probablemente habrá mucha sangre.

—Mucho mejor, amor.

Sonreí. Yo sabía que lo amaba.

—A jugar entonces..

Porque a Kalida le acababan de dar una sentencia de muerte.

Cortesía mía.

Capítulo Dos

¿MATARÍAS DEMONIOS CONMIGO? ¡SÍ!

LA CUCHILLA DE PLATA se encontraba equilibrada en la palma de mi mano y su peso era perfecto.

—Creo que estoy enamorada de Gleason —admití, con mi mirada puesta en el grabado de mis iniciales.

—Es una lástima, ya que ahora tendré que matarlo —Xai me tendió un par de tacones de infundidos en plata y me miró las piernas—. Irán bien con un vestido.

Resoplé.

—Claro que sugerirías eso.

—Bueno, iba a recomendar que los modelaras desnuda, pero tenemos compañía —su atención se dirigió a la puerta mientras nuestros aliados demoníacos llegaban. Uno estaba sonriendo. El otro no.

—¿Por qué estoy aquí si ella nuevamente no tiene aura? —Exigió el demonio rastreador gruñón, Tax.

—Porque puede ser que necesitemos que rastrees a algunos de sus antiguos socios —respondió Xai mientras me rozaba el brazo con un collar—. Esto encajaría bien con los tacones.

—¿Desnuda? —Pregunté, levantando mi pelo rubio.

—Sí —adhirió hábilmente al broche antes de volverse a sus

amigos—. Ya hemos hecho una lista. Revísala y dime dónde están —hizo un gesto con la barbilla hacia el papel sobre la mesa.

Tax lo miró fijamente.

—¿Te parezco un perro?

Ladeé la cabeza.

—Sí que tienes la nariz de un sabueso.

Xai sonrió y me entregó otra caja de joyería.

—Esto es de mi parte —su mirada volvió a Tax—. ¿Por qué no has empezado todavía?

—Os odio a ambos —murmuró el Rastreador mientras cogía la lista. Remy ladeó su cadera contra la mesa, con sus ojos verdes admirando todos los juguetes letales.

—Esto hace que me pique la piel.

La plata era la kriptonita de un demonio, de ahí que fuera mi arma preferida y el motivo por el cual el Inframundo hubiera erradicado la sustancia de la Tierra muchísimos milenios atrás. Gracias a los Cielos, literalmente, por Gleason, mi químico obsesionado con el metal. Los Nefilim habían creado una línea de artículos de plata solo para mí, además de balas para los miembros de Origen Oscuro y algunos pedidos especiales para Xai.

Palmeé la caja que recién me había dado y la abrí con un suspiro. Un hermoso zafiro rodeado de diamantes yacía en el centro de un deslumbrante anillo de oro amarillo. No era mi color de metal habitual, pero sospeché que ese era el punto.

—La piedra hace juego con tus ojos cuando estás de humor para matar —dijo, cogiendo el objeto— Y si lo mueves así, aparece una pequeña jeringa con suficiente plata para un poderoso golpe. Gleason está trabajando en las recargas —lo deslizó en mi dedo anular y llevó mi mano a sus labios—. Hermoso.

—Xai...

Remy se aclaró la garganta y se alejó de la mesa mientras murmuraba:

—Casi echo de menos la versión sádica.

—Bienvenido al club —refunfuñó Tax mientras examinaba los papeles.

Los ignoré y me puse en puntillas para agradecerle apropiadamente a mi ángel oscuro.

—Me conoces tan bien —susurré contra su boca.

—Ya era hora de que te dieras cuenta —me palmeó el culo, forzándome contra él—. Bésame.

—Tan exigente.

—Ahora, Evangeline.

Sonreí y suavemente rocé mis labios sobre los suyos. Llevó su mano a través de mi espalda y hasta mi pelo, con sus dedos anudándose en mis mechones.

—Provocadora —gruñó, con su boca capturando la mía en un beso con intención de castigar. Mi favorito. Intenso, caliente y muy al estilo Xai. Mmm. Lo saboreé, mi lengua bailando ansiosamente con la suya mientras me dominaba en todos los sentidos. Solo un hombre podía manejarme de esta manera —todos los demás morirían—, pero este ser se ganó mi sumisión.

Aún así, no pude evitar presionar una cuchilla en su bajo abdomen como reprimenda.

—Tenemos que trabajar —le recordé, deslizando el filo de la navaja a lo largo de su camisa de vestir lo suficientemente fuerte como para transmitir mi mensaje sin destruir su costosa ropa.

Me cogió la muñeca y me hizo girar, colocándome frente a él y encerrándome entre sus brazos.

—Entonces deberías dejar de coquetear conmigo, Evangeline —las palabras se convirtieron en un aliento contra mi oído mientras su erección se sentía firme contra mi culo.

Insaciable.

—Tú lo has empezado.

—Y tú lo has terminado —susurró de manera sombría—. Sabes cuánto adoro tu afición por los cuchillas.

—Si ya terminaron, encontré una ubicación de interés — Tax arrastró las palabras, rompiendo el momento.

Xai no me liberó mientras preguntaba:

—¿Dónde?

El rastreador nos lanzó una mirada.

—Adivinad.

—Miami —ambos respondimos al unísono, refiriéndonos a la ciudad que rastreamos después de que ella fingió su muerte y desapareció dos décadas antes.

—No puede ser tan tonta —añadí—. ¿O sí?

—No he rastreado su aura allí, solo la de la antigua Ōrdinātum de Geier: Sharon. Posiblemente sea una coincidencia, pero vale la pena comprobarlo.

Remy intervino y se aflojó el cuello.

—¿Playa? —Movió sus cejas oscuras—. Vamos. Estoy a favor de las mujeres en bikini.

—Es el último lugar al que esperaríamos que fuera después de la última vez —dijo Xai lentamente.

Resoplé.

—Porque es demasiado obvio.

Miami había sido el punto de operaciones de Kalida cuando intentó iniciar una guerra celestial. Regresar allí era un suicidio.

—Pero eso también lo convierte en un lugar ideal para esconderse —Xai apoyó su mandíbula en mi hombro. Sus brazos todavía se encontraban sólidos como el acero alrededor de mí—. Nadie esperaría que fuera tan tonta.

—Y es de Kalida de la que estamos hablando —el mismo demonio que trató de incriminarme con su propio asesinato al dejar en la escena una vieja cuchilla oxidada con mis iniciales. No es la más brillante de los demonios—. En todo caso, podemos ver lo que Sharon sabe.

Xai asintió.

—Un punto de partida razonable. Podemos buscar cualquiera de los viejos contactos de Kalida mientras estamos allí.

—Excepto que muchos de ellos están muertos desde hace más de dos décadas —replicó Tax—. Pero seguro.

Bien. Un túnel del tiempo. Todo el asunto de que un día del cielo equivalía a un año en la Tierra era muy confuso a veces. Lo que Xai y yo habíamos disfrutado como un pequeño viaje de vacaciones de vuelta a casa había significado más de dos décadas aquí, cambiando todo y a todos los que nos rodeaban.

De manera similar...

—Es el último lugar que Kalida conoció antes de ser sentenciada al reino de Ashmedai por quien sabe cuántos milenios han pasado allí.

Como el Infierno se movía en la dirección opuesta, donde un día en la Tierra equivalía a un año en el Inframundo, a ella pudo parecerle como si hubiera pasado un montón de tiempo.

—Tal vez sí regresó a Miami.

—Vale la pena investigar —Xai aceptó, liberándome—. Coje cualquier otra arma que necesites, amor. Iré a reservar nuestro hotel.

MIS TACONES TINTINEABAN sobre el mármol mientras me movía lentamente en un círculo sobre el vestíbulo del hotel.

La era digital ciertamente había arruinado el servicio al cliente. No más escritorios para la recepción, solo cabinas donde los clientes podían seleccionar lo que necesitaban. Xai no había necesitado hacer mucho más que pagar electrónicamente antes de que le enviaran una llave electrónica que abriría la puerta de la suite. Después de dejar nuestras maletas —algo que un servicio automatizado intentó hacer por nosotros—, bajamos las escaleras con nuestros atuendos de noche.

—¿Sin interacciones forzadas con los humanos? —Musitó —. Yo lo apruebo.

Me mordisqueé los labios hacia un costado, debatiendo.

—Es algo un tanto extraño.

—Pero mucho más agradable —me tendió su codo—. ¿Vamos, cariño?

—Un caballero, ¿eh? —Deslicé mi brazo a través del suyo—. ¿Quién eres y qué has hecho con mi Xai?

—Te está esperando arriba en la suite —inclinó su cabeza con sus labios contra mi oreja—. ¿Puedo sugerir que terminemos esta misión antes de que él decida dedicarse a su afición por el exhibicionismo? Porque ese vestido se vería mucho mejor subido alrededor de tus caderas, cariño.

Un delicioso calor se acumuló en mi vientre mientras miraba de reojo para encontrarme con su ardiente mirada.

—¿Es un buen momento para decirte que no llevo nada más que dos pequeñas cuchillas de plata bajo este vestido tan corto?

Su gruñido como respuesta fue directo a mi bajo abdomen, avivando el fuego que se estaba gestando allí.

—Eres afortunada de que justo ahora tengamos que estar en un lugar.

—O tal vez *desafortunada* es el término correcto —respondí tímidamente.

Me mordisqueó la oreja lo suficientemente fuerte como para hacerla sangrar y luego lavar la herida con su lengua.

—Cuidado, Evangeline.

—Nunca, Xai.

¿Qué habría de divertido en eso?

Su oscura risa vibró contra mi piel.

—Es bueno que estés armada, amor. Más tarde necesitarás esas cuchillas.

—¿Lo prometes?

Me acarició el cuello.

—Sí. Ahora vámonos antes de que te folle en este vestíbulo —me llevó hacia Tax, quien nos esperaba con un traje negro que competía con el de Xai. Mi vestido rojo oscuro ocultaría la sangre igual de bien y además resaltaba sobre mi suave y pálida piel, lo que lo convertía en una opción mucho mejor que el código de un atuendo negro.

—Sharon está en un club de baile a un kilómetro y medio de aquí —Tax se giró mientras hablaba, llevándonos hacia un elegante vehículo de dos puertas. Se elevaron ante nosotros, revelando el elegante interior de dos asientos. Le lanzó las llaves a Xai mientras escupía una dirección y luego se iba, presumiblemente para encontrarse con Remy en algún lugar para dar un paseo.

—¿Por qué tienes que conducir?

Xai sonrió con suficiencia mientras abría la puerta del pasajero.

—Sube al coche, Evangeline.

Entrecerré los ojos.

—Es como si quisieras que te apuñalara.

—Estimulación sexual, amor.

—A menos que te deje inutilizable con una cuchilla bien posicionada —le lancé un beso y me deslicé en el interior de cuero con la tela de mis piernas elevándose para revelar la mayor cantidad de piel posible.

Frunció los labios.

—Venga. Te desaf...

El chasquido de una bala silenció sus palabras.

Salté del coche justo a tiempo para atraparlo mientras caía. Un fino chorro de sangre brotaba de la marca entre sus ojos.

—¡Xai!

Se quedó inmóvil en mis brazos mientras yo me desplomaba en el pavimento. Había gritos llenando el aire a nuestro alrededor. Apenas me di cuenta de ellos. Mi atención estaba en el hombre inconsciente en mis brazos.

Un recuerdo demasiado reciente emergió, uno en el que pensé que había perdido a Xai para siempre. Su muerte era una marca que todavía se encontraba tiñendo mi corazón.

No otra vez.

Me negué a perderlo.

Él está bien.

Esto no puede estar pasando.

¿Cómo? ¿Por qué? ¿A quién?

Una realidad aplastante estaba quebrando mi alma en dos...

Contrólate, Evangeline.

Era demasiado pronto. Acababa de traerlo de vuelta y acababa de finalmente aceptar ser suya. Después de tantos milenios de trabajar para esto —*nosotros*—, me negué a aceptar este destino. Incluso a reconocer la posibilidad.

Solo es una bala.

¡Concéntrate!

Cerré los ojos, forzando a mi mente a ignorar a mi corazón. Tragándome mi miedo. Sabiendo que estaría bien que iba a despertar. Se necesitaba mucho más que un arma para matar a uno de los nuestros. Incluso si fuera de plata, él estaría bien.

Él está bien.

Pero en el segundo en que recobré la compostura fue demasiado.

Un error de novato con origen en las emociones y no en la longevidad y el conocimiento de mi derecho de nacimiento.

Debí haberlo sabido mejor.

Demasiado tarde.

La punta de un arma tocó mi sien.

Una risa cruel cosquilleó mis oídos.

—Predecible —alguien gruñó.

Y el mundo se tornó negro.

Capítulo Tres

¡VAYA FAENA!

TORMENTOS DEL INFIERNO.

Azufre.

Carne ardiendo.

Reconocí todos los olores, pero fueron las sensaciones delirantes las que confirmaron mi ubicación. Mi estómago se estremeció por la perversidad que me rodeaba y mi mente se fracturó bajo el peso de la depravación.

Los Ángeles no pertenecían a este lugar.

Ni siquiera los Caídos.

Xai, mi alma susurró, anhelando su fuerza a través de nuestro vínculo etéreo. *Demasiado lejos.* No podía sacarle energía desde aquí, solo lo mínimo para mantenerme consciente. Sin mis lazos con él, yo estaría perdida en un inconsciente estado de shock, sugiriendo que estaría en el Infierno por mucho más tiempo que antes.

¿Había tardado más tiempo de lo normal en recuperarme de la herida de bala en mi cabeza? ¿Porque estaba en el Infierno? ¿Me habían disparado o solo me habían golpeado?

Tantas preguntas.

Muy pocas respuestas.

—Creo que se está despertando —anunció una voz ronca.

Oh, eres muy listo, pensé. *Bien hecho.*

—Bien —respondió una voz más áspera. Gutural, femenina y para nada familiar.

¿A quién he cabreado esta vez para justificar este pequeño viaje al Infierno? La lista era interminable considerando todas las vidas que había arrebatado a lo largo de los milenios. Una consecuencia de mi trabajo. Por alguna razón, me culparon por tener que matar a sus amigos. Si hubieran sido buenos diablillos bien portados, no habría hecho falta mi trabajo. Pero no, todos ellos tuvieron que ir por allí causando destrucción en la Tierra, atrayendo a mi manera de castigar.

Malditos demonios. Nunca quisieron tomar el crédito de sus propios errores.

Habría suspirado si mis pulmones hubieran ido en función con el movimiento. La nube de humo no ayudaba y tampoco lo hacía el hedor a tortura que sofocaba mi nariz.

Sí, esto iba a doler. Especialmente considerando que apenas podía respirar, y mucho menos luchar.

Evalué mis manos y pies atados, el aire tórrido tocando mi torso expuesto y la silla de metal debajo de mi culo desnudo.

Desnuda y en el Infierno. No era mi mejor momento, pero había sobrevivido a cosas peores.

Una bofetada me hizo reprimir un insulto.

—Oh sí, está despierta.

Otra me hizo fijar la mirada en el rostro borroso que estaba encima de él. No pude hablar debido a que mis cuerdas vocales estaban cubiertas por la atmósfera del Infierno, pero intenté transmitir mi irritación a través de los ojos.

—Ahí está —anunció la voz ronca. Sonaba como un pedazo de mierda, así que le di ese apodo.

—Ya era hora —murmuró su colega con esa voz ronca.

Y a ti te nombro Capitán Mierda.

Brillante. Ahora que tenían nombres, podían morir. Tan pronto como descubriera cómo moverme de nuevo.

Un agudo tirón me obligó a echar la cabeza hacia atrás para mirar a una desastrosa masa amorfa con piel pálida y quizás pelo oscuro. No podría asegurarlo. Parecía una gran y desastrosa masa amorfa de un demonio humanoide. Parpadear tampoco ayudó.

—Oh, no, quiero que te comprometas completamente —después de sus amargas palabras, Capitán Mierda me dio otra bofetada—. Únete a nosotros, Eve.

Claro. Desátame y te devolveré el golpe con gusto.

El líquido helado impactó contra mi piel desnuda mientras uno de ellos vertía lo que debía ser un galón de agua sobre mi cabeza.

¡Coño!

Ya, eso fue innecesario.

Otro balde le siguió de inmediato, enviando una descarga a través de mi columna vertebral. Y cuando fue el momento del siguiente, mi visión fue clara y se centró en el Hombre Muerto Número Uno, también conocido como Pedazo de Mierda. Sus labios dibujaron una satisfecha sonrisa y sus ojos color avellana rebosaban de orgullo por haber empapado con agua al pobre Ángel Caído.

Algo en él me resultaba familiar. ¿Era la melena de rizos oscuros? ¿Esa flexible pero atlética complexión? ¿Las hermosas líneas de su cara?

Hmm. No pude decirlo. Tampoco pude identificar su herencia demoníaca. *Qué extraño.*

—Ya está despierta —anunció.

—Y cabreada —añadí—. Buen trabajo —porque lo mataría a él primero después de liberarme.

¿Lo único positivo acerca del agua? Me di cuenta de que no estaba tan mal como pensaba. La esencia de Xai atravesó mi espíritu, otorgándome la habilidad de funcionar mucho mejor que la mayoría en mi situación.

Lo que significa que definitivamente está vivo.

No era que esperaba otra cosa, excepto por ese único momento de debilidad. Malditos recuerdos.

Una silla chirriando contra una roca me perforó los oídos.

—Vaya, ese es un sonido horrible —hice un gesto de dolor mientras se incrementaba hasta que Capitán Mierda se paró frente a mí. Una hembra, a juzgar por sus curvas, y caray, tenía una cara muy desafortunada con cicatrices acribillando cada centímetro de su piel expuesta.

Giró la silla y se sentó a horcajadas, cruzando sus brazos vestidos de cuero por la espalda y creando un ritmo con los golpes de sus dedos enguantados.

—Eve.

Me encontré con sus iris oscuros, con una señal de reconocimiento encendiéndose dentro de ellos.

—¿Kalida? —Pregunté, sorprendida por su espantosa apariencia—. Te ves terrible.

Frunció los labios en una mueca o una sonrisa, no supe.

—Eso es lo que pasa cuando te torturan durante mucho tiempo. Dejas de sanar.

—Eh —observé su piel destrozada y las franjas plateadas marcando su pelo negro—. Es un look que te queda —y se lo merecía después de todo lo que había hecho.

Otro fruncimiento de labios.

—Me alegra mucho que lo pienses, Eve —continuó golpeando sus dedos mientras inclinaba ligeramente la cabeza—. Recuerdo todo.

Esperé a que continuara, pero no lo hizo.

—¿Felicidades?

Yo también recordaba muchas cosas. Como su tráfico de demonios en la Tierra como parte de un jodido plan para quitarle el trono a su padre y reemplazarlo por Geier, el antiguo

Señor Demoníaco de América del Norte. Eso no le resultó tan bien. Un ejemplo, su cara.

—Todo —repitió—. La forma en que me despellejaron viva una y otra vez. A veces me quemaban la carne. A veces dejaban que los demonios se dieran un festín conmigo sólo para verme regenerarme. Siempre despierta. Siempre viva. Siempre recordando.

Más de ese incesante golpeteo. Estaba claro que ella ya no era la misma de antes. La forma en que sus ojos se movían hacia arriba, hacia abajo, hacia un costado...

—Querían que estuviera despierta, Eve. Que sintiera. Tantos experimentos. Con el tiempo, aquello se convirtió en mi estado permanente —señaló su rostro—. Tardó un rato, pero como sabes, el tiempo avanza lentamente en el Infierno —volvió a ladear la cabeza, esta vez de una manera un poco más aterradora. Demente—. ¿Cuántas horas terrestres calculas que pasarán antes de que Xai se cure? —Preguntó suavemente—. ¿Veinticuatro? ¿Cuarenta y ocho? A ti te tomó casi cien horas infernales, que no es ni siquiera una hora terrestre. Solo piensa en la cantidad de tiempo que estaremos juntas mientras se recupera —se inclinó más cerca —.Y entonces tardará mucho más tiempo en encontrarte. Eso nos deja muchos años por delante, ojalá décadas, para que yo demuestre algunos de mis recuerdos más tormentosos. En ti.

La miré fijamente, impávida, esperando más. Si pensaba que iba a llorar o rogar, entonces había atrapado a la mujer equivocada. ¿Y toda esa tontería de Xai encontándome? ¿Qué era? Como si lo fuera a esperar. Yo era la Hija de la Muerte, no una damisela en apuros.

—Evangeline no parece estar entendiéndome, Grant. ¿Puedes traerme una cuchilla?

Eché un vistazo al conocido ser de sexo masculino al que le correspondía el nombre. Todavía nada. Salió de la habitación con un pavoneo en su andar, con pantalones a medida y un suéter de seda que denotaba riqueza.

¿Por qué te conozco, Grant?

¿Y qué clase de demonio eres?

—He soñado con esto durante varios milenios —musitó Kalida—. Despedazándote pieza por pieza, viéndote sanar para luego hacer todo de nuevo. Cicatrizando permanentemente esa perfecta piel, grabando mis iniciales en tu rostro para que Xai piense en mí cada vez que te mire, quemando tu...

—Solo voy a interrumpir y decir que probablemente necesites buscar ayuda psicológica, K. Parece que estás soltando mucha rabia reprimida hacia la persona equivocada cuando tal vez deberías mirarte al espejo —me encogí de miedo burlonamente—. En realidad, pensándolo bien, tal vez no. Puede que lo quiebres.

Su puño impactó contra mi mandíbula, nublándome la vista.

Me reí, realmente divertida.

—Tienes razón, K. Vamos a necesitar todos los años que puedas conseguir aquí abajo.

Otro impacto de sus nudillos contra un costado de mi cabeza me hizo reír más fuerte. No porque disfrutara de los puñetazos, sino porque provocaba que me golpeara de nuevo y cada empujón servía para comprobar mis ataduras.

Para cuando Grant regresó, Kalida me había golpeado cinco veces, causando que mi labio sangrara y que la cara me doliera.

Miró mientras el líquido caliente se deslizaba por mi barbilla y caía en mi pecho, ocasionando que sus ojos color avellana comenzaran a arder.

—Te ves mejor en bikini.

Dejé de probar las ataduras alrededor de mi muñeca y me encontré con sus ojos color avellana.

¿Bikini? ¿Era una especie de señal de por qué lo reconocí o solo un comentario sin sentido?

—¿Quién eres?

No, esa no era la pregunta correcta. No importaba quién fuera.

—*¿Qué eres?* —Aclaré. Porque claramente no era humano, pero tampoco sentí nada demoníaco en él.

Sus labios se fruncieron.

—¿Tienes problemas para ver mi aura, nena?

Entonces me di cuenta de que faltaba una pieza del rompecabezas que realmente nunca resolvimos sobre Kalida. No había pensado mucho en ello después de que la atrapáramos, habiendo asumido que los demonios lo resolverían, pero nadie lo había vuelto a mencionar.

—Tú eres la razón por la que el aura de Kalida desapareció —dije. No tenía ni idea de cómo era posible, pero la chispa en su mirada lo confirmó.

Hizo una reverencia exagerada.

—A tu servicio.

—¿Cómo?

—¿De verdad eres tan ciega? —Preguntó Kalida. Su voz todavía mantenía esa cualidad ronca.

La cicatriz se extendía hasta sus entrañas, comprendí. *Ouch*.

—Me han dicho que los de tu clase no pueden sentirme, algo que se demostró cuando nadie me persiguió hace unas décadas —Grant sonrió—. Uno de los únicos dones de mi derecho de nacimiento.

—No eres un híbrido —le dije, escudriñándolo. Porque incluso un "mitad demonio" tendría un aura. Solo los ángeles... *Oh*. Mis ojos se abrieron de par en par—. ¿Un Nefilim?

—¡Olé, se ha ganado el premio! —Realmente aplaudió con emoción. Pedazo de mierda era claramente el mejor nombre para él. Quería poner los ojos en blanco pero estaba demasiado ocupada frunciendo el ceño.

Un Nefilim. En el Infierno.

Imposible.

Xai era el único ser celestial que conocía que podía

sobrevivir aquí abajo, y era gracias a que era el Hijo del Caos. Nuestras almas unidas —la esencia de Xai—, era lo que me mantenía consciente aquí, pero mi incapacidad para descifrar estas malditas esposas demostraban la manera en que el Infierno me debilitaba.

Es solo metal. Debería ser capaz de romperlo, pero apenas podía mover los brazos, mucho menos tirar de ellos.

Esto no se ve bien.

—¿Te importaría recompensarla, cariño? —Grant le entregó a Kalida un instrumento afilado que se parecía más o menos a una cuchilla de afeitar.

—¿Por qué? —Pregunté, ignorando a la Súcubo con cicatrices y centrándome en el hijo del Cielo.

—¿Por qué qué, nena?

Mis dientes rechinaron ante el estúpido apodo. Al menos podría ser más creativo. Después de todo, yo lo llamé Pedazo de Mierda. Tragándome el impulso de reprender su falta de creatividad, le pregunté:

—¿Por qué estás aquí abajo?

—Ah, esa es una pregunta para tu precioso Origen Oscuro. Pero tristemente, no creo que puedas preguntarles. Qué pena por ti.

El borde de metal tocó mi muslo, raspando hacia abajo bruscamente mientras Kalida rasgaba mi carne sin siquiera avisar. Y joder, dolió, pero ni siquiera le di la satisfacción de una mueca. Como la Hija de la Muerte, el dolor era un viejo conocido y Kalida iba a tener que hacerlo mucho mejor para obtener una reacción de mi parte.

—Ambos habéis perdido la cabeza —dije, con mi voz mucho más tranquila que la que maldecía dentro de mi cabeza.

Otra parte de mi piel fue añadida al montón de abajo, seguida de una risa maníaca de Kalida.

—Prepara el quirófano, Grant.

—¿Planeas darte una nueva cara? —Pregunté con cariño mientras continuaba tirando del metal que cubría mis muñecas.

¿Por qué no puedo encontrar una debilidad? Tal vez cuando me muevan... ¡Joder! Ella me pasaría la navaja por el pecho, enganchando mi... No podía pensar en ello. Ni siquiera podía mirar hacia abajo.

Vale.

No, esto no estaba funcionando.

Necesitaba un nuevo plan.

Algo que los distrajera, que los mantuviera hablando, una manera de romper... El ardor lamió mi abdomen mientras empezaba a trazar repetidamente mi piel con la navaja. Mis uñas se clavaron en las palmas de mis manos y mi boca se forzó a sí misma a cerrarse con fuerza, negándose a soltar al grito que obstruía mis vías respiratorias.

Eso solo le daría más satisfacción.

Kalida se rio, con su cara contorsionándosele aterradoramente en lo que probablemente solía ser una sonrisa. Empezó a golpear mi piel a un ritmo rápido, abriéndome para su disfrute.

—Eres una hija de puta sádica —gruñí.

Antes no la había considerado digna de mi cuchilla.

Y segura como la mierda que justo ahora sí.

Electricidad sacudía en el aire mientras Grant reaparecía con la herramienta que Kalida había pedido: un cortador de huesos.

—Aquí, entretente con esto mientras preparo la otra habitación.

Ella se puso de pie y lo besó profundamente en los labios, lo cual él aceptó muy ansiosamente. Como si lo hicieran a menudo.

No tiene buena pinta.

Y tampoco la tenía la mirada que me lanzó cuando volvió

sosteniendo con su mano derecha el juguete quirúrgico muy afilado.

Oh, mierda.

—Ahora podemos empezar —dijo, bajando la cuchilla en movimiento para que se situara sobre mi esternón—. No te desmayes o tendremos que empezar de nuevo.

—Dame lo peor de ti, Kalida.

Su repugnante boca se retorció de nuevo.

—Creí que nunca me lo pedirías.

Capítulo Cuatro

TE ENCONTRARÉ, EVANGELINE

Cogí una almohada y la puse sobre mi cabeza, necesitando que el zumbido se detuviera. Era incesante, repetitivo y jodidamente molesto. Evangeline debió haberme golpeado fuerte durante nuestra sesión de combate. Hubiera estado orgulloso si no fuera por el dolor de cabeza que ella provocó.

No obstante, devolverle el favor sería divertido.

—Xai —la voz no era la que yo anhelaba, así que la ignoré. Remy se largaría cuando se diera cuenta de que yo no estaba de humor para de charlar. Normalmente disfrutaba de la presencia del Morador del Portal, pero él realmente necesitaba llamar primero.

—Xai —dijo de nuevo, esta vez con una sacudida de mi hombro. Claramente no recibió el sutil mensaje—. Vete a la mierda.

¿Dónde está Evangeline? Casi esperaba que ella lo hubiese impactado con una cuchilla solo por interrumpirnos en la habitación.

Mi ceja se frunció ante el pensamiento y mi mano retiró la almohada para poder mirar alrededor de la cama.

Todo blanco.

Algodón, no satén.

Con un balcón con vista a la playa.

Me senté.

—¿Qué cojones?

—¡Se ha levantado! —Gritó Remy, haciendo que me estremeciera y le lanzara una almohada.

—Por el amor de Dios, baja la voz.

—Baja la voz —repitió—. ¿En serio? Alguien te dispara en la cabeza y se lleva a Evangeline, ¿y quieres que me quede callado? Claro. Avísame cuando pueda hablar.

Pestañeé mientras Tax entraba en la habitación con un aparato electrónico y un café. Puso la taza en la mesilla sin mirarme. Toda su atención estaba puesta en la pantalla.

—Alguien me disparó —dije lentamente, tratando de acordarme de lo último sobre lo que tenía memoria. Evangeline en un vestido. El vestíbulo del hotel. Más allá de eso todavía estaba un poco borroso—. ¿Has dicho que alguien se la llevó?

—Sí —Tax parecía estar desplazando la información a través de la pantalla mientras hablaba—. ¿Y ese anillo que tu Nefilim hizo? ¿Del cual yo podía sentir un aura? Nada.

Me pellizqué el sensible lugar entre mis ojos.

—¿Qué?

—Desapareció —hizo un gesto con la mano mientras decía —: Puf. Se ha ido.

Remy estaba apoyó contra la pared frente a la cama mientras se cruzaba de brazos.

—Hemos estado tratando de encontrarla durante los últimos tres días mientras te recuperabas.

Mis cejas se levantaron.

—¿Tres días? —¿De una herida de bala?

Tax finalmente apartó su mirada de la pantalla.

—La bala que te metieron en el cerebro era de ese tipo de

fragmentos que envenenan la sangre. Remy tuvo que llamar a Lord Zebulon para pedirle ayuda.

—Sí, imaginaos mi sorpresa al saber que todos vosotros estabais buscando a mi hija que para mí ya está muerta, por cierto —dijo una oscura voz desde la puerta. El Señor Demoníaco de América del Norte entró en la habitación con uno de sus característicos trajes a medida—. Me alegro de verte despierto, Xai. Y de nada.

Joder. Ahora yo le debía un favor a Zebulon, lo que nunca era bueno en cuanto se trataba de Señores Demoníacos. Aún así, conseguí un "gracias" porque estaba justificado.

—Decidme qué ha sucedido.

—Alguien te disparó en la cabeza —comentó útilmente Remy.

—Este sujeto —gruñó Tax, girando la pantalla hacia mi dirección para mostrarme una imagen de vigilancia de un hombre de pelo oscuro.

Fruncí el ceño.

—No tengo ni idea de quién es.

—Nosotros tampoco —Tax presionó otro botón que hizo aparecer un documento y me tendió el dispositivo para que leyera—. Pero ahora sí. O un alias, como sea.

Examiné los detalles, notando que los registros tenían más de veinte años. Grant McDowell: criminal de delitos menores en la escena de Miami y sin antecedentes de arresto, bueno, excepto por un extenso historial de ayuda a otros en el crimen organizado. Había más fotos adjuntas en el archivo junto con una lista de reconocidos cómplices y varios nombres conocidos. Volví a las imágenes de vigilancia y le hice zoom a su cara.

—Prueba la siguiente imagen —sugirió Tax.

Lo hice y gruñí.

—Él estaba en la piscina ese día con Streator —ni siquiera lo reconocí, mi atención en ese momento estaba centrada en

Evangeline y nuestra marca—. ¿Cómo es posible? No ha envejecido nada.

Tax pasó sus dedos por sus desordenados picos rubios. Necesitaba considerar un estilo de cabello diferente.

—Sí, estamos trabajando en ello. No es humano ni tampoco un demonio.

—Eso lo sabemos —aclaró Zebulon—. Es posible que sea de otro territorio o incluso de los reinos, pero es dudoso.

—¿Ya se lo habéis mostrado a Ashmedai? —Rodé fuera de la cama, ignorando mi dolor de cabeza. Teníamos mucho que hacer y poco tiempo para hacerlo—. ¿Y tenéis alguna pista de adónde ha llevado esta cosa a Evangeline?

—No a ambas preguntas —respondió Remy—. Después de que Grant te disparara, desde cerca, por cierto, Eve salió del coche y como que se congeló. Él aprovechó el momento y le disparó a ella también. Entonces un coche no identificado y con vidrios polarizados se acercó y él desapareció con Eve.

Tomé nota de la observación sobre un cómplice pero me centré en la declaración más importante.

—¿Evangeline se congeló? —Dejé de buscar ropa en mi maleta y me volví para mirar a Remy—. Ella no es así.

—Tampoco es propio de ti pasar por alto una amenaza justo frente a tus narices —murmuró Tax—. Pero aquí estamos.

Le alcé una ceja al demonio Rastreador.

—¿Me estás echando la culpa por esta situación?

Tax tuvo la buena disposición de parecer arrepentido.

—Solo estoy señalando el hecho de que ambos habéis estado un poco ocupados.

—Quiere decir distraídos —dijo Zebulon—. Lo cual no es el punto, ni siquiera relevante. ¿Debo contactar con la Guardia Real de Ashmedai para solicitar una audiencia?

Casi me burlé de la idea, pero decidí responder:

—Sí —como si me importaran las formalidades demoníacas.

El Archidemonio apareció en mi puerta sin previo aviso. ¿Por qué no debería devolver el favor?

Elegí una camiseta nueva, jeans y botas y fui al baño sin decir una palabra al grupo de alborotadores que no tenían idea de qué estaban hablando.

¿Evangeline se congeló?

¿Y cómo yo había permitido que alguien se me acercara sigilosamente con un arma?

*Quiere decir distraído*s.

Reflexioné sobre esa afirmación mientras me lavaba la sangre del pelo y el cuero cabelludo y me enjuagaba la suciedad después de haber pasado tres días en cama gracias a que había recibido un tiro.

¿Estaban ellos en lo cierto? ¿Mi relación con Evangeline nos puso a ambos en peligro?

No, somos más fuertes juntos.

Yo lo sabía. Ella lo sabía. Tres milenios de luchar contra nuestra pasión por el otro había demostrado que nos necesitamos el uno al otro. Yo solo estaba vivo en su presencia.

¿Dónde estás? Pensé mientras me movía a través de nuestra conexión celestial, buscando a mi otra mitad. Un persistente zumbido de energía sirvió como la única confirmación de que ella estaba viva.

Te encontraré, prometí. *Nunca estás sola.*

Cerré el grifo de agua, me sequé y me vestí.

Evangeline podía cuidar de sí misma; estaba seguro de ello. Pero la incapacidad de Tax de sentir el aura que le pusimos en su anillo era preocupante. El obsequio servía como un arma y un dispositivo de localización para situaciones como esta.

—¿El anillo fue destruido? —Pregunté mientras volvía a la habitación principal.

Tax se había acomodado en la cama con las piernas estiradas y los tobillos cruzados. Levantó la mirada del dispositivo en sus manos y sacudió la cabeza.

—No. Lo habría sentido ya que lo vinculamos a mi aura.

—¿Así que ella todavía lo tiene?

Lo consideró, con sus labios frunciéndose hacia un lado.

—Es posible que alguien lo haya removido y puesto en algún lugar, pero eso no explicaría por qué no puedo rastrearlo. Ni siquiera puedo sentir el anillo, casi como si de alguna manera hubiera sido destruido. Pero de nuevo, no *sentí* la destrucción.

—¿Se siente como si la energía vital simplemente desapareciera sin dejar rastro? —Preguntó Zebulon con una expresión siniestramente curiosa.

—Sí, como si nunca hubiera existido —coincidió Tax—. Raro, ¿verdad?

—No, eso es lo que le pasó a Kalida —su oscura mirada se encontró con la mía—. Su aura regresó después de su captura, como si nunca se hubiera ido. Nunca determinamos la causa.

—Ashmedai la tuvo en custodia por no sé, miles de años infernales, ¿y nunca preguntó nada?

—Le preocupaba más el castigo.

Por supuesto que sí; todos los demonios disfrutaban de un buen episodio de tortura. Ashmedai probablemente pensó que aquello era irrelevante ya que ella regresó con su aura, o quizás incluso lo olvidó con toda esa agua pasada nublando sus pensamientos.

—Bueno, yo diría que todo esto está relacionado y que Kalida era la que conducía ese coche.

—Claramente —respondió Zebulon con voz cansada—. Ella lo organizó todo.

Lo dijo con tal firmeza que tuve que levantar una ceja:

—¿Tienes suficientes pruebas?

—¿Aparte del sentido común? —Respondió, coincidiendo con mi expresión. No respondí, simplemente mantuve su mirada y esperé a que explicara. Sus labios se fruncieron; fue la única indicación de que disfrutaba de este viejo juego entre nosotros. Solicité más información, no una respuesta retórica.

—Sí —dijo finalmente Zebulon—. Tax me ha informado que seguiste el aura de Sharon hasta aquí. Ya he tenido una reunión con ella y ha alegado que la había convocado a Miami para una reunión —se mofó de esa última parte—. Como si alguna vez la encontrara digna.

—Alguien usó tus protocolos para contactarla —deduje—. Y Kalida estaría familiarizada con ellos.

—Vale, ella os hizo una trampa y todos vosotros caísteis en ella —la voz de Zebulon tenía un tono de decepción más que merecido.

—Debimos haber tenido más cuidado —admití, irritado. Había sido demasiado obvio; algo que Evangeline incluso había comentado, y yo no me había molestado en considerar la posibilidad de que hubiera sido a propósito. No volvería a cometer ese error.

El foco de atención de Zebulon se desplazó a su muñeca mientras presionaba un botón de su reloj.

—Ashmedai acaba de aceptar vernos.

Resoplé.

—Qué generoso de su parte.

Remy se alejó de la pared mientras que Tax continuaba sobre la cama.

—Necesito comprobar algo más —dijo. Esa pantalla seguía cautivando su atención—. Tengo un programa en ejecución para rastrear las imágenes de Grant para intentar ubicarlo, pero él sigue desapareciendo. Actualmente y con los avances en vigilancia, eso no debería ser posible. Quiero investigar un poco más mientras hablas con Ashmedai.

—Estás evitando al Archidemonio —traduje.

—Hace que me cague de miedo —Tax volvió nuevamente la pantalla hacia mi dirección, mostrando un mapa enrevesado con mini marcadores—. Pero esto es por lo que quieres que me quede aquí. Quiero revisar estos sitios desde los accesos a los portales, así que necesito a Remy también.

—Claro, ¿por qué no? —El Morador del Portal respondió en forma casual.

Ignoré el cotorreo y me centré en la visualización de los caminos.

—¿Son estos todos los lugares donde él desapareció de la cámara de vigilancia? —Había cuatro que eran consistentes y un montón de casos aparte.

—Sip, y el coche anónimo se fue por aquí —señaló la marca púrpura—. Ya exploramos el área y se trataba solamente de una vieja y clausurada gasolinera, pero algo afectó las transmisiones. Quiero encontrar el denominador común para ver si podemos averiguar a dónde llevó a Eve.

—Ten cuidado, colega, o empezaremos a pensar que te preocupas por ella —dijo Remy, sonriendo.

Tax lo ignoró. Sus ojos claros estaban sobre mí.

—No me gusta no poder sentir su anillo.

Porque lo hacía sentir como un fracasado. Lo entendía.

—Utiliza tus otros medios para localizarla y envíame los archivos de McDowell. Quiero mostrarle su rostro a Ashmedai para ver si eso provoca que lo pueda identificar.

Tax sacó un teléfono celular de su bolsillo y me lo tendió.

—Ya está hecho, jefe.

Puse una sonrisa.

—Sabía que eras útil.

—Sí, ya sabes, por sacarte balas del cráneo, localizar novias... ese tipo de cosas —sus labios se elevaron hacia un costado—. Diviértete en el infierno.

—Siempre —guardé el móvil y me dirigí a Zebulon—. ¿Asumo que nos vas a llevar hasta Ashmedai?

Era una nueva habilidad suya de apenas unas cuantas décadas de haber surgido, pero que ciertamente había sido útil. Técnicamente yo mismo podía transportarme, pero dolía. Hacer que nos llevara él era mucho más fácil.

Extendió una mano de piel oscura con la palma hacia arriba.

—Esta lista de favores va en aumento, Xai.

—Estoy seguro de que disfrutarás de un pago exacto, Zebulon —le cogí la mano.

Su siniestra risita nos siguió en la espiral oscura; la única señal suya de que ya sabía lo que quería de mí.

Y a mí no me iba a gustar.

Capítulo Cinco

UNA CITA EN EL INFIERNO SIN EVANGELINE ES EL MISMÍSIMO INFIERNO

Energía caótica fluía alrededor de nosotros, estimulando mi alma con cada paso dado mientras nos dirigíamos a la torre de Ashmedai. Los tonos zafiro de su reino le daban a mi piel morena un celeste brillo antinatural, haciéndome agradecer que esta fuera una visita temporal. Prefería por mucho el negro.

—¿Por qué no me llamaste? —Preguntó Zebulon mientras subíamos las escaleras hacia la entrada principal—. Ella es mi hija.

—¿Sintiendo responsabilidad paternal?

La irritación destelló en la mirada de Zebulon y sus labios se volvieron neutros. Dos podían jugar el juego retórico.

Abrí la puerta con una sonrisa.

—Ashmedai vino a nosotros con la misión y erróneamente asumimos que nos tomaría unos días terminarla. Llamarte no era una prioridad en nuestra lista como lo era capturar a Kalida para poder recuperar a Trudy.

—Tru —una voz femenina corrigió desde arriba—. Ya te lo he dicho una docena de veces.

—¿Acaso no es encantadora? —Ashmedai le acarició el

pelo como si fuera un perro. Trudy le agarró la muñeca y se la llevó atrás hacia su espalda, sujetándolo del balcón de arriba con las alas color azul marino de Ashmedai plegadas entre ambos.

—Joder —salté las escaleras mientras la Guardia de Ashmedai los rodeaba, pero una despectiva risa del Archidemonio hizo que su ejército se detuviera a mitad de camino.

—Acaríciame otra vez y te mataré —gruñó Trudy, levantando la muñeca de Ashmedai en un ángulo que debía doler, especialmente por la forma en que ese movimiento aplanaba sus alas. Yo solo había visto al Archidemonio en su verdadera forma una vez. Normalmente escondía sus alas cuando ascendía a la Tierra.

—Podría quedármela —dijo Ashmedai, sonriendo en lugar de hacer una mueca—. Ella es fantástica.

Trudy lo soltó con un ronco gruñido y dio dos pasos atrás antes de cruzar sus delgados brazos sobre su chaleco de cuero. Miró a los guardias armados.

—¿Qué? ¿Queréis ponerme a prueba?

—Parece que estás prosperando —dije, deteniéndome a su lado. Zebulon seguía subiendo las escaleras con expresión cansada.

—Gracias a un régimen matutino de sangre de archidemonio —estrechó sus ojos color avellana hacia Ashmedai—. ¿Ya puedo irme?

—¿Ves a Kalida? —Él se volvió y miró inocentemente a su alrededor—. Porque yo no.

Esos ojos entrecerrados se volvieron hacia mí.

—Han pasado cinco años, Xai.

Conté los días terrestres y suspiré.

—En efecto. Ashmedai, estoy haciendo lo que me has pedido. Tal vez...

—Te ahorraré el discurso. No —todas las señales de su

energía juguetona desaparecieron detrás de la máscara de un ser poderoso—. Ahora, ¿por qué querías una reunión?

Zebulon finalmente llegó a la cima y se arrodilló a los pies de su superior.

—Mi Príncipe —murmuró, su cabeza inclinándose en reverencia—. Evangeline ha sido secuestrada, presumiblemente por Kalida y un varón de origen desconocido. Nos preguntábamos si lo reconoces.

Saqué de mi bolsillo el móvil que Tax me había dado y mostré la imagen de Grant McDowell. Ashmedai lo cogió, miró la pantalla y se encogió de hombros.

—No me resulta familiar.

Empezó a devolverlo cuando Trudy se lo arrebató. Su familiaridad con el Archidemonio era evidente. Ashmedai le lanzó una mirada divertida mientras todos los demás contenían la respiración esperando una reacción violenta.

Interesante.

—Lo conozco —dijo ella, frunciendo el ceño—. Solía ser parte del Origen Oscuro.

Mis cejas se levantaron.

—¿Es un Nefilim?

—Eso podría estar potencialmente relacionado con el tema del aura —replicó Zebulon, aún arrodillado. Hasta que Ashmedai lo liberara formalmente, no podía moverse. Para el Archidemonio mantener a Zebulon allí era una forma sutil de decir que todavía hacía responsable al Señor Demoníaco por el mal comportamiento de Kalida. Los demonios tenían una larga historia de rencores y castigos.

—El problema del aura —Trudy dejó de centrar su atención en el móvil para volverse a Ashmedai—. ¿Cómo ayudaría un Nefilim a un demonio a ocultar su aura?

—A través de una unión de almas —musitó Ashmedai—. A él le permitiría fortalecerse en el Infierno y a ella ocultar su aura. Es fascinante que no me diera cuenta antes.

—Pero su aura regresó cuando la capturamos —dije lentamente—. ¿Estás diciendo que ella podía encenderla y apagarla?

Ashmedai se encogió de hombros.

—En teoría. Mi sangre ha permitido que Tru se fortalezca aquí abajo así como también le ha dado otros talentos únicos —le guiñó un ojo mientras ella fruncía el ceño—. Pero no la he probado yo mismo para ver si su ocultamiento de aura puede ser replicado o no.

—Inténtalo —dijo ella con las manos en sus caderas envueltas en cuero. Todo su atuendo se parecía mucho al de un guerrero, compitiendo contra el de Ashmedai.

Los labios de él se fruncieron.

—Cuidado o realmente te mantendré aquí, angelito.

Aclaré mi garganta.

—Tu teoría tiene mérito, pero el anillo que le di a Evangeline tenía un aura adherida a él, la cual Tax ya no puede sentir.

—Entonces parece que su Nefilim puede poseer el poder de ensombrecer las auras, lo que tal vez lo haría pariente de Dariel.

El Arcángel del Ocultamiento.

—Dudo que él apreciara esa acusación —pero yo no podía discutir con la lógica detrás de esto. Tendría que preguntarle sobre su última visita a la Tierra y si entretanto se había acostado con algún humano.

—Cierto, se me ha olvidado. Tu especie no se junta con los humanos —miró fijamente a Trudy—. Los Nefilim existen por algún otro tipo de magia celestial.

—Bien, entonces, Kalida está trabajando con un Nefilim que puede o no haber establecido vínculos con ella y que puede ocultar auras —lo que significaba que estábamos igual de lejos de encontrar a Evangeline que hacía una hora. Intenté de nuevo conectarme con ella, para encontrar alguna manera de localizarla, pero su alma solo me susurró débilmente. Una confirmación de que ella vivía. Eso era todo.

Vamos, amor. Lucha por mí.

Casi me aparté cuando un pensamiento hablado en susurros flotó fuera del vínculo. *Te echo de menos.*

Todo se congeló. Todo mi enfoque se centró en ese soplo de su conciencia.

¿Dónde estás? Pregunté.

En el Infierno. Claramente. E imaginando tu voz.

Mi corazón dio un vuelco ante la característica imaginativa de su voz mental, muy diferente a mi guerrera, mi media naranja. Si no estuviera seguro de nuestra conexión, consideraría esto como un truco, pero *sentí* su alma rozando la mía. Mi pareja, mi amor, mi vida.

¿En qué parte del Infierno?

Pasó demasiado tiempo de silencio antes de susurrar: *Desearía saber... desearía poder escapar...*

Cielos, sonaba rota, como si ya se hubiera dado por vencida. Me palmeé la nuca con los ojos aún cerrados, enfocando mi atención en la mujer que existía para adorar. *Piensa, Evangeline. Necesito más.*

¿Más qué?

Detalles, gruñí mentalmente.

Había confusión flotando fuera de nuestro canal mental. *¿De qué? Olvídalo. No importa.*

Evangeline, vociferé.

Nada.

¡Joder! La conexión entre nosotros vaciló y su alma dejó la mía, vagando en el abismo de la locura. ¿Qué le había hecho Kalida? Si estaba en el Infierno, eso significaba que ella había estado allí abajo mucho más tiempo que en ningún otro momento. Y si todavía no había escapado...

Has sobrevivido a cosas peores, le dije. Pero, ¿era verdad? Ella nunca había estado en el Infierno por más de unos cuantos días y no se podía saber qué era lo que Kalida le estaba haciendo.

Si Evangeline todavía no había escapado...

No. Me negué a seguir ese pensamiento.

Sobrevivirás a esto, se lo prometí, porque no había otra alternativa. Necesitaba a Evangeline viva.

Lo sé... Su voz apenas me alcanzó. La conexión se cerró sin mi permiso.

Mis manos hechas puños descendieron hacia mis costados cuando el impulso de golpear algo me abrumó. Hacía solo una semana habíamos sido felices. Solos. Ocupándonos de nuestros malditos asuntos. Y todo eso había cambiado por culpa de un maldito Archidemonio. Mis ojos se abrieron para encontrar la fuente de mi rabia frente a mí.

Él dio un paso atrás, pero no lo suficientemente rápido para evitar mi puño. Su mandíbula se quebró ante el impacto, enviando un ruido sordo a través de la habitación y un sobresalto de asombro a nuestros compañeros.

Electricidad se disparó por mis venas mientras su Guardia Real reaccionaba y su energía psíquica me golpeaba con toda su fuerza. Me alimenté de su caos, envolviéndolo sobre mi ser mientras mis alas se rasgaban fuera de mi espalda, liberando mi linaje de Arcángel y dominando la habitación.

El fuego quemó el aire.

Trudy gritó.

Los coros demoníacos comenzaron.

Le di la bienvenida a la lucha. La exhorté. La deseé.

Los subordinados azules no tenían oportunidad conmigo.

—¡Basta! —Gritó Ashmedai, comunicando su orden hacia su Guardia Real, no hacia mí—. Y tú, levántate del maldito suelo.

Zebulon se puso de pie.

—Gracias, mi Príncipe.

—Evangeline está en este nivel siendo torturada porque no

pudiste mantener retenida a una insignificante Súcubo —gruñí, pisando el espacio personal del Archidemonio—. Acepté esta misión porque lo que había que hacer me divertía y porque esperaba ver a Evangeline matar a Kalida. Ya no me divierte más, Ashmedai.

Abrió sus alas azul marinas y las mantuvo contra su espalda.

—Anotado, Xai.

Nos miramos fijamente. Sus ojos violetas contra mis ojos negros. Poder crepitó entre nosotros. Furia. Autoridad. Un viejo entendimiento.

—Me equivoqué cuando dije que eras similar a tu padre. Eres mucho más poderoso e intrigante que Mietek —llamas púrpuras bailaban en su mirada mientras sopesaba sus opciones. Sería un combate justo entre nosotros, incluso en su propio reino.

Pero yo tenía algo que a él le faltaba: determinación. Quería su sangre como pago por lo que se le estaba haciendo a mi pareja.

Y él no podía luchar contra eso.

—Te ayudaré a encontrar a Evangeline —finalmente concedió.

—Lo harás —acepté— Y cuando ella introduzca una cuchilla de plata en tu carne no tomarás represalias —ella no lo mataría —no *podía*—, pero lo apuñalaría. Era lo menos que se merecía.

Mantuvo mi mirada durante un momento más con labios fruncidos.

—Acepto —extendió la palma de su mano con una línea de sangre ya dibujándose. Servía como una cruda muestra de fuerza; Ashmedai era un poderoso telequinético.

Eso no me intimidaba.

Le mostré la mía y vi cómo un trazo similar se grababa en mi piel. Estrechamos manos, sangre con sangre, jurando mantener el trato.

La tensión en la habitación se disolvió y dejó de existir. Mis alas se plegaron suavemente contra mi espalda, pero no desaparecieron.

Una tregua temporal.

Trudy se puso al lado de Ashmedai con sus ojos color avellana abiertos mientras él le ponía un ala color zafiro alrededor de los hombros.

—Has sido paciente con nosotros —susurró ella.

Sonreí con suficiencia, o lo intenté, como sea. Ella no tenía ni idea de lo que yo era capaz de hacer. Muy pocos lo sabían.

—Asegúrate de advertir a los demás —dije.

—¿Empezamos a intentar localizar a tu pareja? —Preguntó Ashmedai con voz cansada—. ¿O quieres volver a pegarme?

—¿Ha dolido? —Pregunté.

Parpadeó.

—Si digo que sí, ¿eso te dejaría satisfecho?

—Temporalmente.

—Entonces, sí. Ha dolido.

—Bien. Espero que Evangeline te atraviese el corazón con una cuchilla.

Alzó las comisuras de sus labios.

—Entonces sugiero que la encontremos para que puedas recuperar la diversión de nuestra situación.

No era probable que ocurriera pronto, no después de la forma en que su voz sonó en mi mente. Pero ella apuñalando al bastardo que la puso en esta situación sería un buen comienzo.

—Zebulon, ¿puedes llamar a Tax y Remy? —Solté las palabras como si se tratara de una petición por señal de respeto, pero mi intención fue que sonara como una orden. No tenía sentido que el Rastreador y el Morador del Portal buscaran en la Tierra si Evangeline se encontraba atrapada en el Infierno.

—Ya está hecho —respondió.

—Excelente —mantuve la mirada de Ashmedai—. Espero que tengas una idea de por dónde empezar.

La oscuridad brillaba en sus ojos violetas.

—De hecho, lo tengo. Gracias a esa única conexión que recién acabas de usar para hablar con ella.

Así que sí lees la mente. Siempre lo sospeché, pero su comentario fue la prueba que necesitaba.

Simplemente se encogió de hombros. No pareció necesitar de ningún comentario.

Capítulo Seis

¿QUÉ AÑO ES? HE PERDIDO LA NOCIÓN DEL TIEMPO

Voces flotaban a mi alrededor, provocando un dolor en lo más profundo.

No quería despertarme.

No quería soportar otro segundo de esta locura.

Sangre.

Huesos.

Carne.

Apenas había comido.

Apenas había bebido.

El Infierno no era para mi clase.

¿O nuevamente estábamos en la Tierra? Kalida siguió moviéndome, curándome, devolviéndome, destruyéndome.

Xai... Su nombre resonó en mi corazón.

Mi vínculo con su alma era mi principal subsistencia. Sin él anclándome a la vida, yo sucumbiría ante la oscuridad.

Creí poder superarlos, pero nada de lo que intenté funcionó. Todos mis planes se hundieron en un oscuro abismo y mi mente se fracturó bajo el tormento.

¿Cuándo fue la última vez que luché? ¿O lo intenté?

¿Cuántos años había estado aquí? ¿Atrapada en este nivel de agonía?

Vamos, amor. Pelea por mí. La voz en susurros de Xai casi me hizo llorar. Tan real y demasiado ilusorio. Lo imaginé a mi lado, sosteniendo mi alma destrozada y reparándola con su amor.

Te echo de menos, le dije. ¿Lo volvería a ver alguna vez?

¿Dónde estás? Tres intensas palabras que deseaba que fueran reales.

En el Infierno. Claramente. E imaginando tu voz.

¿Dónde en el infierno?

Ojalá lo supiera... Ojalá pudiera escapar...

¿Estaba en el infierno? El peso en mi abdomen lo afirmó. A veces se levantaba. Esos eran los peores días. Aquellos en los que Kalida me permitía ver un rayo de esperanza, un recuerdo de hogar, y luego me los arrebata con una risa cruel para después enviarme de vuelta al inframundo.

Piensa, Evangeline. Necesito más.

¿Más qué?

Detalles.

Fruncí el ceño. *¿De qué? Olvídalo. No importa.*

Todo lo que intenté resultó en un fracaso. Kalida había pensado bien en esto; tuvo varios milenios para planificar, como se jactaba con frecuencia. Yo quería matarla. Hacerla pedazos. *Destruirla.* Pero no podía ni siquiera levantar la mano. Me quebré de nuevo.

Las voces continuaron. Entrando y saliendo. Susurrando. Gritando. Discutiendo.

Riendo. Al menos tres de ellas.

Has sobrevivido a cosas peores, susurró Xai. Su voz se volvió débil. *Sobrevivirás a esto.*

Lo sé...

¿O lo sabía? No estaba muy segura.

Bostecé —o lo intenté—, como sea.

Sombras oscuras pintaron el mundo, recordándome una

cama de plumas en la que anhelaba volver a descansar.

—TE DESTRUIRÉ, EVE.

Mis labios anhelaban retorcerse en una sonrisa ante la frustración en el tono de Kalida. Meses, años, ¿décadas…? de este interminable despliegue de tormento, y ella aún no había quebrado mi espíritu. No obstante, mi cuerpo era una historia completamente diferente.

Grant suspiró.

—Ella no puede oírte, cariño. La has hecho trabajar demasiado duro.

No del todo, pedazo de mierda. Puedo oírte muy bien.

—Lo sé —le gruñó Kalida—. Llévala de vuelta a la Tierra por un rato. Quiero que se cure de nuevo y más rápido para poder quebrarla de nuevo.

—Tal vez necesitemos un nuevo método —sugirió—. Algo más mental en vez de físico. O una combinación de ambos.

Lo imaginé masajeando sus hombros mientras ella hablaba, ambos relajándose cerca de mi mutilado cuerpo. A menudo me creían muerta e inconsciente, algo que aprovechaba para buscar constantemente una debilidad. Pero mientras había perfeccionado este estado de muerte, ellos siempre sintieron mi curación. O tal vez la programaban apropiadamente. En el momento en que mis extremidades hormigueaban, ellos comenzaban de nuevo, dejándome indefensa al instante.

Una de estas veces lo haría bien. Pensarían en mí estando incapacitada y entonces me abalanzaría. Soñaba con ese momento. Algún día. Ojalá que pronto.

—¿Qué tenías en mente? —Preguntó Kalida, sonando somnolienta—. Hablémoslo durante la cena, ¿hmm? Richard la cuidará mientras en nuestra ausencia.

Agh, el Demonio Necrófago. Usualmente me agradaban. Este,

no tanto. Especialmente desde que tenía una afición por picotearme. Estaba cerca de encabezar mi lista de asesinatos. Justo debajo de Kalida y Grant.

—Muy bien —dijo Kalida, con el sonido de una silla chirriando mientras caminaba—. Solo una cosa primero.

Una punzada atravesó mi pecho.

Rápida.

Agresiva.

Agonizante.

Te mataré, hija de...

~

OTRA VEZ LAS VOCES.

Esta vez más fuertes. Dos hombres hablando de la agenda de esta semana.

Grant y... ¿quizás Derek?

No importa.

Me dolían las costillas, apenas curadas. No estaban listas para otra ronda.

No te muevas, me dije. *Esconde tu curación. Deja que piensen que sigues muerta.*

Un gruñido masculino. Algo sobre un acuerdo y un nuevo tormento que involucraba a mi cuerpo de maneras indescriptibles.

No, mi alma gruñó. Solo Xai.

Pero yo necesitaba unas cuantas horas más.

Por favor. Todavía no...

~

SILENCIO.

¿En qué nivel estoy?

Todo me dolía, pero eso me significaba poco ahora. El dolor

era mi amante, mi confidente, mi ser.

Carne carbonizada llenaba mi nariz. ¿Mía? ¿Porque estábamos en el Infierno? No lo sabía. No me importaba.

¿Dijeron algo sobre una nueva tortura? ¿Ya ha sucedido? Nada se sentía diferente, solo mi cuerpo arreglándose a sí mismo. Kalida le había hecho algo a mis costillas... no me importaba pensar qué era, pero dolía como la puta madre.

Sin embargo, podía sentir mis dedos del pie. Eso significaba que otra ronda comenzaría en cualquier momento.

Esperé. Y esperé.

¿Esos son mis dedos? Fascinante.

Más silencio.

Más sensación.

Una clara bocanada de aire lentamente llevada a mis pulmones. Y luego para afuera.

Nada.

¿Este era el nuevo tormento? ¿Permitirme un rayo de esperanza? Porque me negaba a aceptarlo. Después de meses —años—, esto era una variación muy alejada de la rutina. Y yo había más que memorizado el movimiento de mis captores.

Bien jugado, pensé hacia ellos. *Pero veo a través de todos vosotros.*

Me negué a tener esperanzas. Era una emoción engañosa. Pero si querían que descansara un poco más, yo lo permitiría. No había restricciones en mis muñecas o tobillos. Tal vez podría finalmente lanzar un puñetazo. Incluso golpear a Kalida una vez sería satisfactorio. Escapar sería mejor.

Si siguen permitiendo que te cures...

No. Me negué a considerarlo. Eso permitiría que la esperanza invadiera mis pensamientos.

Permanecí perfectamente quieta mientras la naturaleza de mi derecho de nacimiento se deslizaba lentamente hacia la superficie. Esa parte de mí claramente no había recibido el comunicado sobre no tener esperanza, porque ahora que me habían dejado curar más allá de lo normal, mi cerebro asesino quiso conspirar.

Bien. Podría considerar la idea brevemente simplemente para pasar el tiempo, ya que todavía me encontraba sola e incapaz de moverme.

Ya había catalogado los factores importantes de cada uno de mis oponentes, sus debilidades, fortalezas y motivos generales. Sin embargo, el constante estado de tortura me dejó incapaz de actuar en cualquier oportunidad.

Ahora no estoy siendo torturada.

Cierto.

Hmm.

Durante todo el tiempo bajo la tutela de mi padre y con toda mi experiencia en la Tierra, tenía que haber algo que pudiera usar. Mi anillo, obviamente, ya que mis captores nunca lo quitaron. Probablemente porque era de oro, no de plata, y no podían sentir la pequeña jeringa de plata en su interior. Ayudó que a Kalida le gustara el anillo, diciendo que le recordaba a Xai y lo devastado que estaría cuando finalmente me devolviera a él horrorosamente cicatrizada. Excepto que yo seguía curándome. Oh, ella odiaba la curación.

Habría sonreído si mis labios hubieran funcionado.

Un escalofrío recorrió mi columna vertebral. No quería quedarme más tiempo aquí. Quería luchar. Pero eso requería moverse.

Un silbido masculino se escuchó cerca.

Finge. No dejes que sepan que estás despierta.

Porque eso ha funcionado muy bien antes.

¡Shh!

Disminuí la velocidad de mi respiración, un truco que casi había dominado en los últimos meses o años. Tal vez incluso décadas.

No pienses en eso ahora. Concéntrate. Esa voz sonaba misteriosamente como la de mi padre, indudablemente gracias al resultado de toda la capacitación que se me proporcionó de niña.

—No lo sé, hombre, todavía se ve bastante muerta para mí —tonos suaves a menudo eran hablados en mi presencia, pero nadie nunca se refería al Morador del Portal por su nombre. Así que lo llamé Sammy el Hombre Muerto.

—Sí, Kalida la hizo añicos, pero la hija de puta debería ser más coherente pronto. Entonces comenzará la diversión —la voz familiar de Grant me hizo fantasear sobre las maneras en que pensaba matarlo. Siempre lento, pero con mucha sangre.

Uno de ellos, probablemente Grant, me recorrió con un dedo desde mi brazo hasta la clavícula y luego hacia abajo.

—Pero primero tengo un Dargarian haciendo cola para verte, Eve, querida. Ha pagado una buena suma de dinero. Algo sobre que mataste a su hermano.

Si lo hice, se lo merecía, pensé dulcemente. *¿Y haciendo cola para qué?*

—¿Cómo quieres que haga esto? —Preguntó Sammy el Hombre Muerto—. ¿Transportarla después de cada follada para cambiar su ubicación?

¿Cada follada?

—Si, te enviaré las coordenadas cada hora. Solo mantenla en movimiento y no dejes que ninguno de ellos realmente la mate.

El Morador del Portal resopló.

—Soy un transportador, no un guardaespaldas.

—Entonces probablemente debería jugar con ella primero —respondió Grant.

Se necesitó todo tipo de pensamiento y control para permanecer absolutamente quieta mientras su dedo rodeaba mi pezón, tomándose libertades con mi carne prácticamente muerta.

¿Esto es lo que te gusta, Grant, pervertido de mierda?

El nuevo deseo de destrozarlo se vertió sobre mi espíritu, dándole vida a mis entrañas. Mis dedos casi se movieron con el deseo de encontrar una cuchilla; el mayor movimiento que había sentido desde... siempre.

Os voy a matar a todos.

Su toque descendió, removiendo la bilis en mi vientre.

Finalmente entendí el deseo de Kalida, el plan que Grant había trazado para ella. Profanar mi cuerpo a un nivel sexual para atormentar mi mente y mi corazón. Obligándome a aceptar a otro que no fuera Xai. La peor clase de tortura imaginable, especialmente para un ángel apareado.

No te muevas, me dije. *No reacciones. No estás preparada.*

Pero quería gritar. Romper la mano que me tocaba en un lugar que no le pertenecía. Destrozar su maldito rostro con mi puño.

Nunca debiste dejarme curar, pensé con pesimismo. *Debiste haberme mantenido rota.*

Pura arrogancia vinculada con maldad; querían que fuera consciente de todo, que estuviera lo suficientemente viva para recordar. Y eso requería curación.

Esta es mi oportunidad.

La sentí en cada fibra de mi ser. Sammy el Hombre Muerto planeaba transportarme de conquista en conquista, confirmando que estaba en el Infierno. Eso explicaba las náuseas que me corroían por dentro; la debilidad que confundí para mi cuerpo aún en proceso de curación.

Puedo sentir mis extremidades, puedo hacer que mis manos se conviertan en puños.

Todavía no.

No, todavía no.

Mis pensamientos fracturados debieron haberme preocupado; en cambio, alimentaron mi necesidad de venganza.

—No tiene mucho sentido cuando la cabrona ni siquiera está despierta —señaló Sammy el Hombre Muerto.

—Tienes razón —Grant suspiró, quitando su mano, una mano que yo destrozaría hoy—. El Dargarian llegará pronto. Iré a buscar adrenalina a la sala de operaciones para darle un impulso.

Casi gruñí. ¿Cuántas veces Kalida me había inyectado adrenalina antes de que mi cuerpo terminara de curarse para volver a desgarrarme?

Voy a clavar esa puta aguja en tu corazón.

—Cabrón —murmuró Sammy el Hombre Muerto. Lo hacía a menudo después de que Grant desapareciera, lo que normalmente me hacía sonreír por dentro. Hoy no.

Muévete. Ahora.

Mis dedos se enroscaron, creando puños. Dolió. Fue lento. Pero mi mano se *movió*.

Después tensé mis brazos. El músculo atrofiado protestó, disparando un espasmo a través de mis terminaciones nerviosas. Lo hice una y otra vez, necesitando prepararme. Pequeños y sutiles movimientos que el Morador del Portal habría notado si hubiera prestado atención.

Mis piernas fueron las siguientes.

Se me está acabando el tiempo.

Ya lo sé.

Flexiona. Suelta. Flexiona.

Es ahora o nunca, Eve. Volverá en cualquier momento.

Odiaba esa voz, pero la adoraba al mismo tiempo. Mi alma guerrera finalmente cobró vida y me recordó cómo *luchar*.

Mis miembros temblaban de tensión, listos.

Hora de respirar.

Inhalé lo más suavemente posible, llenando mis pulmones y exhalando, permitiendo que mi corazón aumentara de ritmo. La muerte floreció en mi espíritu. Ahora la llamaba para que tomara el control, para que me curara, para que me diera esta oportunidad de sobrevivir.

El Morador del Portal empezó a silbar esa espeluznante melodía que escuchaba en muchas de mis pesadillas. Él me llevó al Infierno, a la Tierra y de vuelta. Mi alma alcanzó su aura, saboreando todas sus malas acciones y pensamientos maliciosos para después alimentar mi ansia de justicia... y de su muerte.

Él morirá.

Sí.

Ahora.

Sí.

Pulsé mi anillo, apartando la piedra como Xai lo llegó a demostrar una vez. Tan fácil. Tan perfecto.

Ya es hora.

Sí.

Mis ojos se abrieron, dándole la bienvenida a la luz tenue contra mis pupilas en desuso. ¿Cuándo fue la última vez que vi algo más allá de mis párpados?

Pestañeé una vez. Dos veces. Definitivamente me encontraba en el Infierno. No había duda.

Mi objetivo estaba parado a un lado, todavía silbando y con su atención en su móvil. Debatí entre advertirle solo para ver la mirada en sus ojos antes de atacar, pero no quería arriesgarme a que se teletransportara antes de que mis reflejos tomaran el control. Mis dedos se flexionaron y mi brazo se balanceó.

Golpe.

Puse todo mi esfuerzo en ese único movimiento, con el anillo inclinado hacia afuera, y gruñó cuando golpeó su antebrazo. Había apuntado a su cuello pero no pude lograrlo.

—¡Mierda! —Saltó hacia atrás, pero fue demasiado tarde.

La jeringa había perforado su piel y la plata se estaba derramando hacia su línea de sangre. Podía no ser suficiente para matarlo, pero definitivamente lo volvería inservible.

Sus rodillas cedieron mientras llevaba su brazo contra su pecho.

—¡Puta!

Intenté responder y no pude. En lugar de intentarlo, me obligué a sentarme, sabiendo que el tiempo seguía corriendo.

Tal vez habían pasado tres o cuatro minutos desde que Grant se había ido. Volvería en cualquier momento.

Necesitaba estar de pie.

Tragué saliva —o lo intenté—, y giré mis piernas fuera del duro colchón.

Vamos, Eve.

Esto iba a doler. Mucho. Afortunadamente, Kalida había entrenado mi tolerancia al dolor para aceptar altos niveles de agonía.

Agarrándome a la cama lo mejor que pude, bajé lentamente mi peso sobre mis pies y casi me caí por la dificultad que eso implicó. ¿Cuándo fue la última vez que caminé o incluso que estuve de pie? No importaba. Ahora iba a poder. Tenía que dominarlo. Tenía que salir de aquí.

Mis piernas tambaleaban. Apreté los dientes, forzándome a soportarlo, deseando que mis músculos se fortalecieran y aceptaran mi peso.

Sammy el Hombre Muerto yacía en el suelo con la cara pálida, pero aún muy vivo. Los demonios muertos se convertían en cenizas. Al menos no estaba gritando.

Me alejé de la cama, poniendo a prueba mis miembros, y me encontré estable. Una mirada hacia el Morador del Portal no mostró ningún arma útil.

Más allá de él, un brillante conjunto de cuchillos llamó mi atención. Sobre la mesa había un juego de herramientas de tortura recién limpiadas. ¿Tal vez algo para que el Dargarian usara mientras profanaba mi cuerpo?

La idea me hizo dar un paso firme, seguido de otro, hasta que estuve parada justo al lado del conjunto de bonitos juguetes. Giré mis hombros, sintiéndome más fuerte con cada minuto pasando y cogí una cuchilla de la bandeja.

La muerte ascendió a la superficie, extendió sus alas y sonrió.

A jugar.

Capítulo Siete

¿TE GUSTARÍA DANZAR CON LA MUERTE?

GRANT CIERTAMENTE SE ESTABA TOMANDO SU TIEMPO. UNA rápida inspección de la habitación confirmó que no había cámaras de vigilancia, lo que significaba que él no podía saber que yo había despertado.

¿Qué estás tramando, Nefilim?

Giré la cuchilla entre mis dedos, complacida con el regreso de mi destreza. Mis músculos se contraían y protestaban y mi cuerpo se sentía lento, pero la adrenalina bombeaba salvajemente a través de mis venas.

La muerte me llamó. Quería jugar.

Incliné la cabeza hacia un lado, evaluando las formas en que podría asesinar a Grant. Hacía mucho que no mataba a nadie. Le di la bienvenida como mi primera víctima.

Otro giro de la cuchilla, esta vez más rápido.

El sonido de pisadas me hizo detenerme y mis labios se fruncieron.

—Disculpa, Kalida quería un informe completo. Ella está en nuestro próximo destino jugando con los postores y...

El cuchillo salió disparado de mis dedos, impactando

sólidamente el corazón de Grant y cortándole las palabras antes de que siquiera terminara de entrar en la habitación.

—En el blanco —siseé, con mi garganta seca y en desuso.

La jeringa se deslizó fuera de su mano y aterrizó con un satisfactorio golpe sobre el suelo de concreto. Grant cayó de rodillas junto a ella con los ojos muy bien abiertos de asombro al verme de pie frente a él. Como Nefilim, no moriría solamente debido a la herida. No, requería una ejecución mucho más brutal. Pero, ¿tenía tiempo?

Se tambaleó y cayó con un suave ruido sordo mientras su boca formulaba palabras ininteligibles. Una hermosa escena, verdaderamente. Y mucho menos espantosa de lo que merecía.

Pensándolo bien, debí haberlo incapacitado de tal manera que pudiera hablar porque justo ahora no tenía forma de saber cómo salir de este literal agujero infernal. Y claro que el Morador del Portal también me era inútil.

Buen trabajo, Eve.

Mejor que estar en esa mesa.

Touché.

Bueno, ya no había vuelta atrás. Cogí otra cuchilla y la lancé certeramente hacia el cráneo de Grant justo entre sus ojos, como represalia por lo hecho a Xai, y sonreí mientras el pedazo de mierda yacía inconsciente en el suelo.

Cogí los tres bisturís restantes y un instrumento de aspecto más corto con bordes afilados a cada lado y asomé la cabeza hacia el pasillo marrón.

Vacío. No me sorprendía. Kalida y sus secuaces habían hecho un gran trabajo ocultándome de todo lo que estaba fuera de sus jodidas operaciones. Pero si el Dargarian se iba a reunir con ellos aquí, entonces él tenía un punto de entrada o un Morador del Portal lo escoltaría. De cualquier manera, yo usaría ese medio de escape.

Mis piernas se acalambraban con cada paso dado y mi estómago se revolvía ante la perversidad de este nivel. Pero tenía que largarme de aquí y encontrar un camino hacia otra parte del Infierno, hacia un reino con alguien conocido allí.

Xai.

Ashmedai.

Zebulon.

Tax.

Remy.

Incluso en este momento Bael sería candidato. Quienquiera.

Una puerta apareció al final, pero sabía que no debía confiar en ella. El Infierno amaba sus trampas. No, necesitaba una salida que no fuera distintiva. Algo normal.

Todas las luces colgando bajo eran iguales entre sí y no había ni siquiera un destello o una señal que mostrara que algo se encontraba fuera de lugar. Las paredes fangosas —con fango real—, eran lisas y uniformes. También había hierba muerta cubriendo el suelo.

¿Dónde estás?

Unos pasos más y continué examinando la falta de patrones en las paredes y el techo. No había nada obvio.

Vamos, vamos, vamos.

Tenía que estar allí en alguna parte. Una hoja de césped deforme, quizás, o... esa hierba. Qué ingenioso. Estaba metida en el suelo, casi escondida bajo el césped marrón. Pero era definitivamente allí. Me incliné para rozar mi dedo contra ella y jadeé mientras aterrizaba en una espiral de vides.

La vegetación envolvía mi piel, abrazándome; torciendo y girando, y asfixiándome entre las hojas.

Mierda.

Por eso odiaba el inframundo. Todos estos malditos laberintos y rompecabezas. Nunca había nada tan sencillo como una salida directa.

Con el bisturí corté la soga del follaje, ocasionándole un siseo y un gemido para luego soltarme sobre un área de barro por debajo de copas de árboles. Sobre él colgaban dos soles rojos, dejándome sin la menor idea de en qué reino acababa de caer.

Mis ojos se cerraron por un segundo. Mi cuerpo me dolía por todo el esfuerzo.

Xai, susurré, anhelando su caótica energía. *Duele.*

¿Dónde estás? Siempre la misma demanda. Uno pensaría que mi imaginación podría regalarme una nueva frase de vez en cuando, pero por supuesto, esas tres palabras eran muy de Xai.

Dos soles rojos, le dije. *Estoy muy cansada.*

Aguanta por mí.

Lo estoy intentando. Dios, esas palabras dolían al pensarlas. Él no tenía ni idea de cuánto lo estaba intentando. ¿Dónde estaba él? ¿En la Tierra buscándome? ¿En el Infierno? ¿Sabía lo mucho que estaba luchando para volver a él? Nuestra relación, aunque vieja, aún se sentía notablemente joven en muchos sentidos.

He escapado, Xai. Le pedí que escuchara esas palabras para que supiera que finalmente había hecho algo bien. Estaría tan orgulloso. Mis labios casi se curvaron al pensarlo.

Tienes que moverte.

Ya lo sé.

No, quiero decir que necesitas moverte. Ahora mismo.

En un minuto. Solo necesito un segundo más de descanso. Bostecé. Ellos no podían encontrarme aquí. No de forma rápida. Yo ni siquiera sabía dónde era "aquí".

¡Evangeline!

Te quiero...

Tal vez soñaría con él. Oh, eso sonó maravilloso. Dormir adecuadamente. Una parte distante de mí clamó en señal de advertencia, gritando palabras sobre moverme, correr, abandonar este nivel... Pero me gustaba bastante este lugar. El calor. El aroma de la Tierra. Mmm. Realmente era bastante agradable. Verdaderamente lo mejor que había sentido en mucho tiempo.

Sueña conmigo.

Oh, me gustó el sonido de eso.

¡Levántate!

¿Por qué? Esta cama se sentía mucho más atrayente.

¿De qué vamos a soñar?

De Xai.

¡No lo hagas! Despierta. ¡Levántate!

Pero qué caos. Confusión. Alarma.

Mis párpados se levantaron somnolientos, asimilando mi oscuro entorno. ¿Qué pasó con los árboles y los soles? Estaban rodeados de nubes gruesas.

Parpadeé despierta, sobresaltándome.

¿Qué coño?

Todo lo que me rodeaba estaba descolorido en tonos negros y marrones mientras el aire enfriaba como la noche más fría.

El musgo cubría mis miembros, pegándome al suelo; y una sombra siniestra acechaba por encima.

Mis armas habían desaparecido.

Mi cuerpo estaba atrapado.

Mi corazón estaba congelado por el miedo.

Yendo de una pesadilla a otra.

Esto no podía estar pasando.

Una lágrima recorrió mi mejilla y algo cruel se rió.

Odiaba este nivel. Esta existencia. Este mundo.

—No —susurré—. No así.

No después de todo lo que había acabado de sobrevivir. El haber estado atrapada aquí por esta cosa en el patio de juegos del Infierno... No era justo. Pero por supuesto que el Destino me iba a joder así. ¡Era una hija de puta!

Empujé tan fuerte como pude contra las ataduras, pero no cedieron. Ni siquiera se rompieron.

Esa sombra se veía más pesada ahora. Asfixiándome pulgada a pulgada. Tan frío. Tan, tan frío.

No te duermas. La voz de Xai otra vez. *No te duermas, joder.*

No me sentía somnolienta o exhausta, sino más bien

derrotada. Después de todo... Oh, hostia, ni siquiera tenía la energía para considerarlo.

Nada de eso importaba.

Ya no.

Te quiero, Xai. No tenía ni idea de si podía oírme, pero esperaba que sí. Esperaba que por una vez esta conexión fuera real. *Te quiero, joder.*

No te atrevas a despedirte, Evangeline. Aguanta por mí.

Lágrimas se acumularon en mis ojos mientras mis pulmones luchaban por aire. No podía moverme, apenas podía respirar... *Estoy atrapada, Xai.*

Ya voy.

Desearía que eso fuera cierto. Pero de todas formas era un lindo pensamiento. La forma en que mi mente me tranquilizaba una última vez. *Lo siento mucho, Xai. Siento mucho todo el tiempo que perdimos. Te quiero.*

Ya vale. Si te rindes conmigo, yo mismo te mataré.

Casi me reí. Típico de Xai amenazarme ahora, en mis últimos momentos. *Te imagino perfectamente.*

Estoy aquí.

Una parte de ti siempre lo estará, sí.

¡Evangeline!

Te quiero, Xai... Siempre... Para siempre... Recuérdame.

Capítulo Ocho

EL CAOS ACECHA ENTRE LAS SOMBRAS

POR PRIMERA VEZ EN MI LARGA EXISTENCIA, EL RITMO DE MI corazón dejó de ser constante. Podía sentir la energía de Evangeline abandonando nuestro vínculo; su vida desapareciendo justo delante de mí.

¡Evangeline!

No hubo respuesta.

—¡Allí! —Gritó Tax hacia el caótico olvido de los reinos del Infierno. Remy se detuvo, liberándonos en el Reino de la Sombras, un mundo sombrío donde los demonios eran enviados a morir. Todos los seres aquí prosperaban con la esencia de los vivos, succionando a su presa hasta dejarla seca de la misma manera en que un Súcubo se aparearía con un humano.

—No puedo quedarme aquí —dijo Remy con su respiración comenzando a detenerse—. Xai...

—Llévate a Tax. Yo me encargo de esto.

—Pero no puedes...

—¡Largaos! —Exigí. Mis alas se extendieron, llevándome hacia el aire contaminado. No necesitaba preocuparme por ellos cuando tenía que encontrar a Evangeline. Su voz mental ya no respondía a la mía. Su vida estaba pendiente de un hilo.

Iba a matarla en cuanto la encontrara.

Y abrazarla por la eternidad y nunca más dejarla ir.

¿Kalida la había dejado aquí para que muriera? Después de casi un año de intentar reconectar con la mente de Evangeline y encontrarla, el aura de su anillo finalmente había dado señales de vida. Tax habían ubicado su paradero tan pronto como su alma se comunicó conmigo.

Corté camino a través de las fantasmagóricas nubes, llamándole al caos de este reino para que acelerara mi vuelo mientras examinaba el suelo en busca de señales de Evangeline.

¿Dónde estás, amor?

No hubo respuesta.

No me hagas esto. No después de todo lo que hemos pasado.

Ella tenía que sobrevivir. Yo lo necesitaba.

Soplos de su alma se aferraron a la mía. Su esencia estaba luchando por mantenerla viva a como diera lugar. Hice explotar todo lo que pude a través del vínculo, ordenándole que viviera. No iba a perderla. No de esta manera.

Energía negativa se elevó sobre mi aura y sombras intentaron derribarme, pero las atravesé con facilidad. Mi linaje de Arcángel me daba la energía que necesitaba.

¡Allí!

Una espesa niebla se encontraba descendiendo sobre los árboles.

Corté camino hacia ella y mis alas ardieron en protesta ante el abrupto giro. Me empujé con más fuerza, yendo a toda velocidad hacia la masa oscura y cortando camino por la mitad.

Gritos llenaban el aire; los Demonios de las Sombras estaban disgustados por mi interrupción, pero mi único objetivo eran los mechones rubios enroscados en el suelo debajo de ellos. Una fuerte sacudida de mis alas hizo que las criaturas retrocedieran, con su parloteo de molestia fusionándose con el miedo.

—Marchaos —una palabra que fue enfatizada con todo el

poder de mi linaje. Yo podía ser un ser celestial, pero mi derecho de nacimiento reinaba sobre este reino. Un destello de mis alas los dispersó a todos. Su terror alimentó mis escudos de energía y dio surgimiento al Arcángel dentro de mí.

Electricidad zumbaba bajo la punta de mis dedos mientras los sacudía sobre el cuerpo de Evangeline, mentalmente eliminando las vides y los arbustos que la habían capturado contra la Tierra. Se desplegaron bajo mis órdenes, revelando su frágil y ensangrentado cuerpo debajo, mucho más delgado de lo que debía ser.

Levanté su cuerpo sin vida en mis brazos.

—Te tengo, amor —murmuré. Mis alas nos impulsaron hacia arriba—. Te tengo.

No se movía.

No respiraba.

Su corazón ni siquiera latía.

Mi alma acarició la suya, instándola a que se aferrara, a que confiara en mí para arreglar esto, a que todavía no se diera por vencida. Evangeline necesitaba más de lo que este mundo podía darle, así como también más de lo que la Tierra pudiera darle. Requería la esencia celestial.

Fuego cubrió nuestros seres, quemando mis plumas hasta convertirlas en cenizas mientras nos teletransportaba entre los niveles. La ascensión del Infierno al Cielo requería la más poderosa de las almas. Muy pocos podían lograrlo y la mayoría lo evitaba debido al costo de energía, pero no teníamos otra alternativa. La luz de Evangeline estaba casi extinguida y su cuerpo era demasiado frágil para sanar en cualquier otro lugar.

Rafaela.

Telepáticamente dije su nombre una y otra vez mientras ascendíamos, sabiendo que alguien en el Cielo me escucharía y encontraría a la hembra que necesitábamos. La madre de Evangeline: el Ángel de la Curación.

Mi espalda gritó en agonía mientras mis alas desgarraban

nuevamente mi piel, reemplazando la ceniza con enérgicas plumas negras que florecieron en su reaparición. Mi alma finalmente estaba en casa.

Pero Evangeline permanecía inerte en mis brazos. Su cuerpo se encontraba demasiado débil para transformarse a su forma correcta. Mi corazón me dolía ante la posibilidad, aterrorizado de no volver a ver esas hermosas alas violetas en vuelo.

—¡Xai! —La voz de mi padre vino desde lejos mientras yo aterrizaba bruscamente sobre la superficie del Cielo. La densa hierba amortiguó nuestra caída.

Rodé sobre mi espalda, acunando a Evangeline contra mi pecho. El viento silbaba a través del aire mientras varios ángeles aterrizaban a nuestro alrededor. El líder tenía alas de color marrón oscuro con una envergadura que era comparable con la mía.

—¿Qué ha pasado? —Exigió mi padre.

—El Reino de las Sombras.

—¿Cuánto tiempo?

Sacudí la cabeza.

—No lo sé. ¿Horas, tal vez días? —El tiempo en el Infierno retenía la razón, y quién sabía lo que Evangeline había soportado antes de que Kalida la abandonara en el erial.

Otra sacudida de alas resonó cuando Rafaela aterrizó al lado de mi padre con su mirada gris puesta sobre su hija. Agraciadamente se puso de rodillas y sus manos se movieron hacia al rostro de Evangeline, hacia sus hombros y hacias sus brazos, reacomodándola para que su espalda yaciera contra mi pecho y su cabeza descansara justo debajo de mi barbilla. Mis manos descendieron a sus caderas, sosteniéndola contra mí, negándome a soltarla, negándome a perderla.

Vuelve a mí, amor, mi corazón susurró. *Por favor...*

La angustia palideció los rasgos de Rafaela y sus labios temblaron mientras descendía su frente hacia el pecho cubierto de sangre de Evangeline.

—Hay mucho dolor —siseó—. Hay mucho que sanar —las palabras fueron un chirrido en el aire caliente, todos en silencio mientras el único ángel capaz de curar a Evangeline se centraba en su tarea.

No te atrevas a soltarte, mi alma gruñó. *Sabes que te seguiré, Evangeline. Siempre te he seguido.*

Una chispa se filtró a través de nuestra conexión; ¡allí! Fue en un destello, pero definitivamente estaba allí.

Cerré mis ojos y mi cabeza hizo contacto con la suya. *¿Me estás escuchando, Evangeline? No te rendirás. Lucharás. O iré tras de ti y te mataré de nuevo.*

Otro estremecimiento de conciencia.

Mis manos se cerraron en puños sobre sus caderas y mi corazón estaba pendiendo de un hilo. *Más, Evangeline. Necesito que me des más.*

—Sigue hablándole —susurró Rafaela—. Siento su respuesta a ello.

¿Le responderás a tu madre pero no a mí? Estoy ofendido, amor. Pensé que éramos compañeros.

Un sonido mental que pareció un resoplido atravesó por mi mente, acariciando mi espíritu.

Tendrás que hacerlo mejor que eso, cariño. Sé que estás fuera de práctica, retirada y todo eso, pero mis expectativas en cuanto a ti siempre han sido altas. Ahora déjate de gilipolleces y vuelve a mí antes de que realmente me cabrees.

La molestia fue filtrada a través del vínculo, y fuera real o no, la perseguí, provocando a mi ángel de una manera que sabía que tendría como resultado una reacción.

¿Es lo mejor que tienes, cariño? Porque estoy decepcionado, verdaderamente. ¿Qué le ha pasado a mi compañera guerrera? ¿También has perdido tu impulso asesino?

Un leve gruñido se abrió paso hacia mis pensamientos. *Tú...* Su voz mental, tan débil, tan real, me tenía sujeto a sus costados, aferrándome desesperadamente.

¿Yo qué? Mi voz mental tenía un toque de burla que no coincidía con la palpitación que se encontraba llevándose a cabo en el interior de mi pecho. *¿Tienes algo que decir? ¿Por último?*

Matarte...

¿Y cómo piensas hacerlo, amor? ¿Permaneciendo débil e inconsciente? Parece poco probable.

...culo...

Sonreí. *Lo adoras.*

...te he echado de menos...

Toda la diversión de su resurrección murió, siendo reemplazada por el profundo dolor que yo había pasado casi un año intentando ocultar. *Yo también te he echado de menos, Evangeline. Muchísimo. Por favor vuelve a mí.*

Una pausa me hizo contener la respiración. *Sigue suplicando. Es agradable.*

Me reí a carcajadas con mis labios en su pelo. *Pícara descarada.*

Mmm... lo adoro.

Mis labios temblaron ante su repetición de mis palabras de regreso a mí. *Lo hago, amor. No me dejes.*

Nunca.

Porque te seguiré, se lo prometí. *Nunca escaparás de mí.*

Ya lo sé.

Bien. Besé la corona de su cabeza, relajándome. *Nunca te dejaré ir de nuevo, Evangeline.*

De acuerdo, susurró. Su alma se mezcló con la mía. *Yo también te quiero.*

Suspiré, con mi mejilla descansando contra su enmarañado pelo. Mientras su voz ahora era más fuerte, su cuerpo permanecía frágil y quebrantado contra el mío; una señal de que vendría una larga curación.

—Va a estar bien —murmuró Raphaela, confirmando lo que

mi corazón ya sabía—. Solo sigue dándole tu fuerza, Xai. Tu vínculo es lo que la mantiene viva.

—No —dije suavemente. Mis brazos rodeaban la cintura de Evangeline—. Su alma guerrera es lo que la mantiene viva. Yo solo soy su ancla.

~

Gentilmente cepillé fuera los mechones de la frente de Evangeline. *Estoy aquí.*

No había respondido ni se había movido en tres días, ni siquiera cuando la bañé y la vestí. Rafaela predijo que pasaría al menos una semana antes de que el espíritu de Evangeline se curara completamente; las Sombras claramente habían disfrutado devorando su luz angelical.

Un susurro de aire precedió al aterrizaje de mi padre a mi lado en el balcón, con sus alas negras y marrones en lo alto de su espalda para evitar tocar la terraza de mármol. Su inclinación por la elegancia iba en contra de nuestra herencia caótica, que era probablemente la razón por la que lo hacía.

Me levanté, con mis propias alas rozando el suelo de mármol mientras estaba de pie frente a él con un par de jeans negros y solo eso. Si hubiera sabido que esperábamos compañía, me habría vestido para la ocasión. Pero pensándolo bien, probablemente no.

—Padre.

—Acabo de hablar con Azrael —no hubo saludo. No hubo pregunta sobre el bienestar de Evangeline. Solo una declaración formal y directa. Típico de Mietek—. No hay noticias sobre la ubicación de Kalida o Grant, confirmando que probablemente se están escondiendo en algún lugar del Infierno. Claro que Ashmedai no ha informado de su progreso.

—¿Aún no ha determinado quién lo traicionó?

¿Cuántos años habían pasado en el infierno desde el escape

de Kalida? ¿Más de mil, tal vez? Había perdido la noción del tiempo entre la Tierra, el Infierno y el Cielo, y me importaba una mierda hacer las cuentas ahora.

—Si ha descubierto al culpable, no se ha dignado a comentar. Por lo que sabemos, ya ha atrapado a Kalida y simplemente se ha olvidado de decírnoslo al resto de nosotros.

—Poco probable —descendí mis nudillos por la cálida mejilla de Evangeline hasta su cuello—. Ashmedai desearía ponerla como ejemplo, lo que requiere una audiencia. Sabríamos si la ha atrapado.

—Estoy de acuerdo —la suave respuesta flotó en el viento mientras llamas estallaban en el aire. Ashmedai apareció en el balcón como si hubiera caminado a través de una puerta, con sus alas quemadas ligeramente por la teletransportación. Trudy lo seguía, con su pelo ligeramente despeinado por el viento y con sus ojos color avellana ya no reteniendo a la juventud con la que alguna vez me llegué a encontrar.

Estaba a punto de preguntarle cuánto tiempo había estado en el Infierno cuando mi padre sacó sus alas amenazadoramente y dio un paso hacia Ashmedai.

—¿Traer a un Nefilim al Cielo? —Gruñó—. ¿Has perdido la cabeza?

Ashmedai ladeó la cabeza.

—¿No te gusta que tus flirteos en la Tierra hagan alarde frente a ti, Mietek?

La mirada oscura de mi padre se estrechó.

—Ella no es mía —soltó las palabras como si tuvieran un sabor amargo.

—Oh, estoy informado —respondió Ashmedai—. Tengo muy claro de dónde procede su linaje —sus labios se movieron escondiendo un secreto mientras suspiraba—. Qué lástima, pero esa no es la razón por la que hemos venido. Creo que estabais discutiendo mi incapacidad para encontrar a Kalida.

Por supuesto que había escuchado. ¿Cómo? No tenía ni

idea. El Archidemonio continuó desafiando el reino normal del poder, confirmando una sospecha que yo había tenido hacía varias décadas en cuanto al cambio de energía en el inframundo. Zebulon también había ganado habilidades adicionales.

—Sí, ¿te importaría explicarlo? —Mi padre sonaba harto, pero la tensión en sus piernas me decía que estaba muy en guardia. Los Archidemonios no visitaban este nivel a menos que tuvieran un propósito retorcido, y Ashmedai demostraba ser una amenaza cada vez que lo veía.

—Ella no es mi principal preocupación en este momento — replicó Ashmedai—. La encontraremos, pero hay asuntos mucho más urgentes que debemos discutir. Tru, ¿te importaría explicarlo ya que exigiste que hiciéramos este viaje?

Me alarmé, sorprendido de que le concediera autoridad a un ser mucho más joven que él. Pero mientras ella observaba el vulnerable cuerpo de Evangeline con expresión impávida, pillé el aire añejo de *edad* que provenía de su ser.

—¿Aún no se ha recuperado? —Preguntó, con su voz sosteniendo un tono sensual que manifestaba confianza y experiencia—. Yo también esperaba hablar con ella.

Suspiró con los brazos cruzados mientras se agarraba del borde de lo que yo sabía que era una caída de quince pisos. No era un buen lugar para un ser sin alas, pero ni una pizca de temor coloreó sus rasgos. No, parecía habituada a ello, como si se encontrara frecuentemente en situaciones difíciles. Al igual que no hubo ninguna señal de duda cuando atravesó el portal detrás de Ashmedai.

Eso solo podía significar...

—Nunca le permitiste irse —dije, encontrándome con la mirada violeta del Archidemonio—. ¿Trudy ha estado en el Infierno todo este tiempo?

¿Por cuántos cientos de años?

Sus labios temblaron.

—Tenemos un acuerdo.

—Tru —corrigió ella—. Y da igual. ¿Eve estará bien?

—Sobrevivirá —respondí. Mi atención todavía estaba puesta en el Archidemonio—. No has descubierto quién te traicionó y no has encontrado a Kalida. ¿Por qué? ¿Porque ansiabas una razón para aferrarte a un Nefilim como si fuera una mascota?

—¿Acabas de referirte a mí como una *mascota*?

Ahora Trudy; perdón, *Tru*, sonaba irritada. ¿Qué cojones le pasó a la niña que solía adorarme?

—Cuidado —musitó Ashmedai—. Ella puede ser más temible que yo.

Sacudí la cabeza.

—Jodidamente increíble. ¿Por qué no se ocupó Azrael de esto? —La pregunta fue dirigida a mi padre, quien se había movido para estar cerca del borde de la terraza sin barandilla.

—Azrael lo intentó —respondió—. Tru se negó a irse.

—No estamos aquí para hablar de mí —interrumpió ella antes de que yo pudiera hacer un comentario—. He descubierto algo que tenemos que discutir.

Examiné a la mujer que una vez salvé de una red de trata de personas y encontré a un guerrera mirándome fijamente. Evangeline lo aprobaría. O mataría a Ashmedai. No estaba muy seguro.

—Ella está aquí como un favor —añadió el Archidemonio —. Te sugiero que la escuches.

—Está bien —mi padre se apoyó contra la pared con las alas plegadas delicadamente hacia arriba mientras cruzaba los brazos sobre el pecho—. Empieza a hablar, Nefilim.

Capítulo Nueve

QUERIDA EVANGELINE, DESPIERTA. ATENTAMENTE, XAI

Me encontraba de pie en la terraza mucho después de que Ashmedai y Trudy se fueran, con mi mirada puesta en los azules brillantes del horizonte.

—Lo echas de menos, ¿verdad? Al cielo —Preguntó Rafaela sentada junto a Evangeline. Había llegado para entregarle su dosis diaria de energía curativa, que era más bien una excusa para pasar tiempo con su hija.

Un torbellino de jóvenes ángeles tomaron vuelo desde una escuela cercana, causando que me doliera el corazón.

—Lo echo de menos todos los días —admití suavemente—. Evangeline también.

—Lo sé —su madre se puso de pie para acompañarme junto al borde. Sus pálidas y blancas alas contrastaban con mis plumas negras—. Pero tú eres su verdadero hogar, Xai. Evangeline nunca sería feliz aquí sin ti.

—Así como yo nunca sería feliz aquí o en cualquier lugar sin ella.

Todos esos milenios que pasé alejándola, intentando forzarla a vivir una vida mejor *aquí* habían sido en detrimento de mi propia alma. Nunca quise que me dejara, pero tampoco nunca quise que Cayera por mí.

Desgraciadamente, Evangeline siempre hacía lo que quería. Como dormir por varios días.

Miré por encima de mi hombro y sacudí mi cabeza.

—Ella necesita despertarse.

—Todavía no está lista.

—El Origen Oscuro nos necesita.

Rafaela sonrió.

—Azrael los tiene bien preparados, Xai. Confía en mí.

—¿Has ido a verlo recientemente? —Tenía la intención de reportarme, pero no podía dejar a Evangeline. Si se despertaba sin mí a su lado... No. Me negué a permitir que eso sucediera.

Nunca más te dejaré, amor. Nunca más.

—Sí, recién esta mañana, en realidad. Estarán bien. Hay tiempo —me dio una palmadita en el brazo. Un acto que pocos se atreverían a hacer, pero yo acepté de buena manera el consuelo —. Tú y Evangeline habéis renunciado a tanto por todos los demás. Nadie os culparía a ninguno por necesitar un descanso.

Suspiré.

—Ahora mismo no es un buen momento —especialmente con la información que Trudy acababa de divulgar.

—Yo diría que es el momento perfecto —respondió Rafaela —. Habéis lidiado con todo durante casi tres mil años terrestres. Dejad que algunos de los otros se diviertan manteniendo el equilibrio. Le da a Ezra algo que hacer.

Resoplé.

—Estoy seguro de que tiene mucho trabajo—o al menos ese era el rumor. No lo había visto en varias décadas, no desde ese azaroso encuentro en el Infierno. Pero bueno, nada importante.

—Tal vez, pero la Divinidad existe por una razón, hijo. Confía en su propósito.

Hijo. Simplemente sonreí ante la palabra cariñosa. Hubo un tiempo en que esta mujer me odiaba. Ella nunca lo admitiría en voz alta, pero lo sentí emanar de ella años atrás cuando nos pilló a Evangeline y a mí juntos por primera vez. Rafaela no había aprobado el enamoramiento de su hija. Ni un poco.

—O mejor aún, ¿por qué no dejar que el Destino tome las riendas por un tiempo? —Añadió con sus ojos claros brillándole.

Sonreí ante la referencia de mi madre, el Arcángel del Destino. Anoche nos había visitado con algunos de los productos de repostería favoritos de Evangeline, diciendo que yo los necesitaría pronto. Traduje su misteriosa y ambigua declaración hacia el hecho de que mi pareja se despertaría antes de lo previsto. A veces valía la pena tener una madre que podía predecir el futuro. Si tan solo hubiera heredado la misma genética.

No obstante, había una cosa que yo sabía con certeza.

—No intervendremos hasta que Evangeline esté completamente curada —le prometí a Rafaela.

—Pero sabes que ella insistirá en ir a ayudarlos.

Evangeline les guardaba un cariño especial a los Nefilim y a toda la humanidad, algo que admiraba de ella ya que yo no poseía la misma inclinación emocional.

—Entonces es tu trabajo ocultárselo hasta que esté lista —diversión atravesó mis pensamientos—. Ah, Rafaela, si tan solo supieras lo imposible que esa tarea realmente es.

—Oh, vamos, Hijo del Destino y el Caos. Ambos sabemos que eso no es cierto. ¿Cómo es que mi hija te llama? ¿Un 'idiota enigmático'?

Solté una risita.

—Es uno de sus apodos favoritos para mí, sí.

—Entonces canaliza eso —me guiñó un ojo y nuevamente me dio una palmadita en el brazos—. Volveré por la mañana para ver cómo estáis. Hasta entonces, intentad dormir un poco. Y tal vez considera la posibilidad de cortarte el pelo —me miró la cabeza con desagrado materno para después elevarse en un aleteo de plumas blancas—. Ese look es muy del siglo pasado, Xai.

Sacudí la cabeza sonriendo mientras ella desaparecía. No tenía ni idea de cómo una hembra podía hacerme sentir tan joven.

—Tu madre todavía encuentra maneras de castigarme después de todos estos años, Evangeline. Y yo que pensaba que era de tu padre de quien habías heredado tu fuerte voluntad —pasé mis dedos por mi pelo largo y me encogí de hombros—. Como mola. Veremos qué piensas cuando te despiertes.

Mantenía la esperanza de que cada vez que hablara ella me iba a responder, pero una mirada a su pacífico cuerpo no mostró signos de agitación.

Me acosté a su lado y la tomé en mis brazos.

—Esta vida es aburrida sin ti, Evangeline —susurré con mis labios contra su oído—. Vuelve a mí.

LAS ESTRELLAS LLENABAN EL CIELO NOCTURNO, tan diferente a las de la Tierra; más vibrantes y vívidas. Las admiré con un anhelo que anidaba en lo profundo de mi alma.

Estar lejos de casa siempre fue duro, pero recordar todo a lo que había renunciado era más difícil.

Me relajé sobre mi espalda, con mis plumas esparciéndose a mi alrededor sobre el suave césped.

Otro día había pasado sin una palabra de Evangeline. La había traído aquí afuera con la esperanza de que de alguna manera el lugar la sacara de este incesante coma, pero continuaba igual de inmóvil a mi lado, con su rubia cabeza usando mi ala como almohada.

—Empiezo a pensar que he sido demasiado suave contigo —dije en voz baja—. ¿Qué ha pasado con mi sarcástica asesina?

Una parte de mí temía que Kalida realmente la hubiera quebrado. La otra parte sabía que Evangeline era indestructible. Ella podía ser lastimada, sí, pero nunca destruida.

Suspiré.

—Oh, mi querida Evangeline, las cosas que voy a hacerte cuando finalmente despiertes —cuando Tax me había mostrado la secuencia de su captura no podía creer lo que veía. Ella realmente había titubeado—. Claramente necesitas más entrenamiento —gruñí, pensando en ello—. él fue directo a ti, Evangeline —sacudí la cabeza—. ¿En qué estabas pensando?

La noche nos aisló del ruido. Por eso nos gustaba este campo. Otros raramente se aventuraban tan lejos de las principales ciudades, prefiriendo la compañía de otros. Este era nuestro santuario privado, un lugar al que escapábamos a menudo cuando éramos jóvenes para evitar ser detectados. Una relación entre nosotros no había sido prohibida, sino más bien mal vista.

Mis labios se estremecieron con los recuerdos de cómo nosotros...

Energía zumbó a través del aire, poniendo mis sentidos en alerta máxima.

El descubrimiento de Trudy sobre el cambio de poder me había provocado inquietud. Las guerras en el Infierno tenían una tendencia a extenderse en los otros reinos, especialmente en la Tierra, lo que alteraba el equilibrio. Rafaela me dijo que confiara en la Divinidad, pero yo sabía más. Había habido disturbios en ese círculo desde que Ezra se aventuró al Infierno con esa Híbrido, la Heredera de Bael.

Los vellos de mis brazos se erizaron, obligándome a sentarme y arropar a Evangeline bajo mi ala.

Algo se avecinaba.

Electricidad crepitaba a través de mis venas, alimentándose

de la destrucción inminente. Fuego surcó el cielo; una advertencia de los Centinelas, la guardia angélica. Algunas cosas nunca cambiaban, como sus reacciones tardías a los intrusos.

—¿Xai? —Apenas fue un susurro.

Levanté mis alas para encontrar a Evangeline mirándome aturdida.

—Por supuesto que has elegido este momento de entre de todos para despertar —casi me hizo gracia, pero la sensación de temor hizo que mis labios se negaran a alzarse.

El que se hubiera despertado ahora no podía ser una coincidencia. Era su alma la que la estaba obligando a moverse.

—¿Qué...? —Tosió, con su garganta trabajando mientras su voz le fallaba.

¡Boom!

El impacto me hizo ponerme de pie y mis ojos se dirigieron al destello de luz que caía en cascada sobre la ciudad.

—Las preguntas para más tarde, amor —le tendí una mano —. ¿Supongo que no puedes mantenerte de pie? —Lo dije como una pregunta retórica sabiendo muy bien que apenas se encontraba despierta, mucho menos físicamente lista para moverse.

—Xai —mi nombre salido de sus labios sonaba doloroso, y cuando capté las lágrimas frustradas en su mirada, mi corazón dio un latido inestable.

La debilidad era su kriptonita. Odiaba confiar en alguien que no fuera ella misma. Prefería vivir con dolor a pedir ayuda. Y odiaba el hecho de necesitarme ahora.

Otra explosión sacudió los cimientos a nuestro alrededor, pero mi atención estaba centrada únicamente en ella. Me arrodillé con las alas rozando el césped y acuné su rostro entre mis palmas.

—Eres la mujer más fuerte que he conocido y el ser más terco de mi existencia —rocé los labios contra su frente y mis brazos se deslizaron bajo sus hombros y sus rodillas—. Tú eres mi razón, Evangeline. Lo sabes, ¿verdad?

Asintió contra mi hombro mientras la levantaba del suelo. Su respiración se estremecía a causa del dolor.

—Te tengo, cariño —le besé el pelo, deteniendome para sostenerla fuerte—. Puedes esconderte conmigo. Nadie lo sabrá. Lo juro.

Hubo otro asentimiento seguido de un gimoteo que envió una flecha a través de mi pecho.

Con una poderosa embestida de mis alas nos llevé hacia la noche. Mis oscuras plumas mezclaron nuestros cuerpos en el cielo. Los balazos y los gritos agrietaron el aire, con el fuego brillando a lo lejos.

Un día en el Cielo equivalía más de tres siglos en el Infierno.

¿Qué coño había pasado allí abajo?

¿Estaba la Tierra atrapada en el medio?

Volé hacia las montañas, lejos de la turbulencia que había detrás de nosotros y aterricé cerca de una cueva con vistas al horizonte. Evangeline permaneció inmóvil, pero su atenta mirada confirmó que estaba muy despierta.

—Ayer Trudy y Ashmedai vinieron con una advertencia de que esto podría suceder. Ha habido un cambio de poder en el Infierno, algo que se venía venir desde hace un tiempo —por eso Ashmedai había dejado de buscar a Kalida; su desaparición no era nada en comparación con el disturbio en su nivel—. Los reinos del inframundo prácticamente se han desplazado.

—¿Cómo? —Preguntó con la voz ronca.

—No sabemos, pero creemos que es el resultado de la adquisición por parte de los Archidemonios de ciertas entidades influyentes —como Ashmedai capturando a Trudy—. Han perturbado el equilibrio al llevar seres del Cielo al Infierno —la coloqué en el suelo, apoyándola contra la pared de la caverna.

Apenas escuchábamos la batalla en la distancia, pero las

sensaciones de la misma me envolvían, llamándole a mi alma a intervenir.

—Ve —una ligera orden acentuó esa palabra a pesar de lo ronca que había sido.

Yo sonreí.

—No puedo dejarte, cariño.

Estrechó sus preciosos ojos azules.

—Ahora.

Una risita se me escapó a pesar de nuestras circunstancias.

—Incluso estando "media viva" todavía intentas darme órdenes. Eso es adorable considerando que raramente funciona cuando estás en tu mejor momento.

Evangeline estaba ahora completamente resplandeciente.

—Xai.

El escarmiento solo me divirtió más.

—Tu madre me dijo que dejara que ellos se encarguen y prometí no intervenir hasta que estuvieras curada. Pero también le dije que nunca permitirías eso. Parece que yo tenía razón.

—Ve —repitió, sonando misteriosamente como un gruñido.

Me agaché para encontrarme directamente con su mirada.

—Prométeme que no intentarás salir de esta cueva hasta que yo regrese.

Bufó, o al menos lo intentó.

—No tengo alas.

Sí, ya me había dado cuenta. Era extraño que se hubiera despertado sin ellas. Un indicio de que su cuerpo aún necesitaba ser curado.

—Prométeme que te quedarás aquí —porque sabía que la falta de alas no le impediría intentarlo—. No puedo ir allá mientras me preocupo por ti, Evangeline —cogí su barbilla, obligándola a mantener mi mirada—. *Eres* mi debilidad — siempre lo había sido y siempre lo será.

Tragó saliva y su mirada se humedeció. Y finalmente asintió.

—Prometido.

—Bien —la besé muy brevemente y me puse de pie—. Solo haré esto por ti, amor.

Otro bufido parcial.

—Mentiroso.

Las comisuras de mis labios temblaron mientras nuevamente la miraba.

—Nunca miento —solo lo haría por ella, pero eso no significaba que no iba a disfrutarlo—. Será mejor que estés aquí cuando regrese, Evangeline —dejé que la amenaza —*u otra cosa*— , se interpusiera entre nosotros antes de dar un paso atrás de la saliente y tomar vuelo.

Hora de jugar.

Capítulo Diez

JODIDOS BUENOS TIEMPOS, CORTESÍA DE XAI

Un cíclope en el cielo.

Eso sonaba como la peor parte de una broma de mal gusto, pero nadie se rió cuando la bestia gigante de un solo ojo atravesó con dificultad uno de los tres portales abiertos que eran enlaces directos al Infierno. Eso *nunca* había sucedido, pero explicó las extrañas explosiones. Quienquiera que las hubiera creado tenía un maldito deseo de morir, uno que yo pretendía cumplir cuando encontrara al culpable.

—¡Arriba! —Gritó mi padre, señalando a una horda de demonios con alas elevándose por los cielos.

Quebrantahuesos.

Ni siquiera sabía que podían existir fuera del inframundo. Eran mucho más grandes que sus equivalentes terrestres, con alas tan largas como las mías, cuerpos humanoides y picos malignos que disparaban un veneno paralizante a sus presas.

Evangeline odiaba a los Reptilios.

Y yo a los Quebrantahuesos.

Por supuesto que mi padre me asignaría a estos cabrones.

Agarré una lanza con punta de plata y una espada de la

armería y emprendí vuelo hacia el cielo. Había siete en total, todos graznando entre ellos en su espeluznante lenguaje.

¿La única cosa positiva? Volaban en bandada, lo que me daba un solo objetivo.

Observé su patrón de vuelo y alineé mi lanza. Al menos eran demonios predecibles.

Mi lanza surcó el cielo con una precisión que habría enorgullecido a Evangeline. Graznidos furiosos envolvieron el aire cuando tres de los Quebrantahuesos encontraron su destino, convirtiéndose en cenizas en pleno vuelo.

Sus camaradas se volvieron hacia mí, escupiendo un moco negro de sus picos.

Un escudo habría sido una buena idea.

A la próxima.

Mis alas colapsaron, enviándome en una espiral descendente mientras evitaba su porquería venenosa. Una cuchilla era un arma mucho más elegante. La mía brillaba a la luz de la luna; la plata moría por algo de acción demoníaca.

Girando y rodando hacia un lado, corrí detrás del más lento de los Quebrantahuesos y le corté la cabeza de un solo golpe. Su compinche, quien se giró en el momento equivocado, fue el siguiente.

Quedaban dos.

Y estaban furiosos.

Más de esa sustancia negra salía disparada de sus bocas, forzándome a otra caída en picada, pero esta vez demasiado cerca de uno de los edificios más altos de la ciudad. Realmente esperaba que nadie estuviera en su balcón mirando porque serían impactados por un pegote de veneno de Quebrantahuesos.

Los dos demonios estúpidamente me siguieron, al igual que antes, permitiéndome volar detrás de ellos como lo hice con sus hermanos.

—En serio, esto ni siquiera es divertido —los derribé a

ambos con dos cortes limpios de espada y suspiré—. Demasiado para la fiesta.

No te estás perdiendo de mucho, le dije a Evangeline sin saber si podía oírme. Por lo dicho por Ashmedai, nuestra capacidad de comunicarnos telepáticamente era rara; no era una conexión que él hubiera visto. Tenía la hipótesis de que era la forma en que nuestras almas se acercaban entre sí en momentos de extrema necesidad. Bajo dicha teoría, Evangeline debió haber estado cerca de morir más de una vez a manos de Kalida, creando así nuestro vínculo telepático. Un pensamiento que me había enfadado en varias ocasiones y que solo me impulsó a encontrarla.

Kalida moriría.

Horriblemente.

Pero primero tenía que encargarme de unos cuantos portales.

Aterricé junto a mi padre con sus cantos ancestrales siendo música para mis oídos. Un Archidemonio, Bael, se encontraba parado justo dentro del portal. Sus palabras rivalizaban con las de nuestro bando y sus iris color azul plateado brillaban con energía desconocida. Una familiar mujer de piel oscura estaba a su lado con los ojos cerrados mientras le ayudaba a sellar el portal desde el interior del Reino del Infierno.

Johanna.

¿Qué estaba pasando en este mundo? ¿Un miembro de la Divinidad trabajando con un Archidemonio?

Un pequeño siseo hizo que mi espada reaccionara por instinto, cortando certeramente el corazón de un Demonio Custodio. Colapsó en cenizas que después pateé con mi pie. De alguna manera él había atravesado el círculo de ángeles que protegían a mi padre mientras realizaba uno de nuestros rituales más antiguos, *El Sellado de Mundos.*

Me paré detrás de él, listo para enfrentar a cualquiera que se atreviera a interferir, pero eso era innecesario. Mis camaradas lo tenían controlado, y a juzgar por la emoción de sus miradas, se encontraban disfrutando de la pelea.

Las palabras de Rafaela sobre dejar que los demás se divirtieran se me quedaron grabadas. ¿Era así cómo ellos veían esto? ¿Algo entretenido después de una eternidad de paz? Tal vez debían visitar la Tierra más a menudo. Al parecer los humanos entraban en guerras una vez cada siglo.

Un estallido crepitante envió un escalofrío a través de mi columna vertebral mientras el portal se cerraba. Las chispas en la distancia confirmaron que los otros dos también se habían cerrado. Y alrededor de nosotros había un mar de cenizas cuando el último de los demonios colapsó y murió sin su fuente principal de energía.

Solo los Archidemonios podían soportar estar en el Cielo.

Los otros, incluso los Señores Demonios, eran demasiado débiles.

Mi padre se desplomó, sus rodillas cedieron por la pérdida de fuerza. Lo atrapé antes de que cayera de cara con mis manos sobre sus hombros, sosteniéndolo en posición vertical mientras le daba un momento para recuperarse. Asintió con la cabeza en agradecimiento. Sus ojos estaban totalmente negros y sus labios de un color púrpura, todo debido al intercambio de energía.

Yo poseía la misma habilidad. Sabía lo que se requería de mi cuerpo para realizarlo. Mi padre tardaría al menos una noche en recuperarse, tal vez más.

—¿Eve? —Preguntó con un inesperado toque de preocupación en su voz.

—Ella está bien —respondí, sintiendo su presencia a través de nuestras almas vinculadas—. Está descansando.

Su garganta se esforzó.

—Es solo el principio.

—¿Cómo fue eso siquiera posible? —Pregunté, apuntando con mi barbilla hacia el portal destruido. Varios ángeles estaban de pie a nuestro alrededor con expresiones también curiosas.

—No lo sé —se pasó los dedos por el pelo, exhalando—. Desafía el equilibrio.

Sí, hablando de equilibrio...

—¿Por qué Johanna estaba con Bael?

Mi padre simplemente sacudió la cabeza.

—Todo está cambiando —sonaba más exhausto que nunca, como si su propio poder estuviera quedándose a mitad de camino.

Lo ayudé a ponerse de pie y fruncí el ceño ante el arrastre de sus alas. Tan raro en él.

—Necesito descansar —respondió suavemente—. Nos reuniremos por la mañana —no voló como lo haría normalmente, sino que caminó lentamente a través del círculo y hacia mi madre que se encontraba esperando justo más allá de la multitud. La preocupación estaba grabada su frente mientras le abría los brazos. Su vieja mirada se encontró con la mía durante un largo momento.

Palabras no dichas se interpusieron entre nosotros.

Comprensión.

Un futuro que ella siempre supo que me sucedería.

Ella lo aprobó.

Todos los incompletos fragmentos de la conversación de alguna manera los transportó hacia mi mente antes de usar sus alas para elevarse y a mi padre para llevarlos a casa. Ella lo había estado esperando todo el tiempo, sabiendo que caería.

Mi madre, el Arcángel del Destino, siempre tan profética en sus maneras.

Sacudí la cabeza, dándome cuenta de que todos los ángeles del patio se encontraban en espera de más instrucciones, de mí, el Hijo del Caos.

Ellos me consideran un líder.

El pensamiento me golpeó fuerte en el pecho; un peso que nunca quise o esperé que cayera sobre mis hombros. Todos esos milenios en la Tierra protegiendo a la humanidad habían sido un ejercicio de fuerza y comprensión. Había sido la forma en que mis padres, no, la forma en que mi *madre*, me preparó para un futuro profetizado.

¿Cómo sé esto?

Porque yo también era el Hijo del Destino.

Descarté el pensamiento y me centré en los que me rodeaban. Suficiente locura para una noche. Tenía una pareja a la que volver.

—Necesitamos más Centinelas para hacer guardia durante la noche mientras los ancianos sanan —porque si mi padre estaba tan agotado, también lo estaban los otros Arcángeles—. Recomiendo turnos de tres horas porque todos vosotros también necesitáis descansar. Algo grande se avecina y vamos a necesitar toda nuestra fuerza —las palabras eran mías, pero fueron pronunciadas sin mi permiso.

¿Qué es lo que venía? ¿Y cómo lo sabía?

Me tragué mi confusión, no queriendo que los demás la percibieran, y forcé a mis labios a moverse.

—Todos vosotros lo habéis hecho bien esta noche. Es bueno ver que todo ese entrenamiento ha dado sus frutos.

Eso me hizo soltar algunas risitas y gritos contenidos. Luego empezaron las palmadas en el hombro, las cuales rápidamente me hicieron perder la paciencia. Después de la sexta o séptima, di un paso atrás y sin decir una palabra tomé vuelo hacia la noche.

Ellos podían arreglárselas solos.

Además, yo no era su líder.

Al menos no todavía.

Capítulo Once

SE ME ANTOJA UN PLATO DE MUERTE CON UNA GUARNICIÓN DE VENGANZA, POR FAVOR

Vale, Evangeline, me dije. *Puedes hacer esto. Pasito a pasito. Un pie delante del otro.*

Pasé la última hora intentando volver a aprender a caminar sin demasiado éxito, pero al menos estaba de pie. Aunque era un comienzo razonable, necesitaba hacerlo mejor.

Nunca me había sentido tan totalmente deshecha. ¿Cuánto tiempo había estado inconsciente? ¿Días? ¿Semanas? ¿Meses? Parecía que había pasado una exorbitante cantidad de tiempo. Las cosas se *sentían* diferentes. Xai. El Cielo. *Yo*.

Me dolía la espalda sin mis alas.

¿Dónde estaban?

¿Por qué no podía sentirlas?

Una lágrima me cosquilleó el rabillo del ojo, causando un leve gruñido en mi garganta.

Odiaba esto. Despreciaba sentirme incompetente. Incompleta.

Kalida morirá.

Si Xai la hubiera matado por mí...

Se me doblaron las rodillas, enviándome sobre mi trasero. De nuevo.

—¡Joder! —Grité en el abismo de la cueva.

Frustración y horror estremecían mis extremidades y otra lágrima traicionera se filtró de mi ojo.

Quería golpear a alguien y llorar a gritos al mismo tiempo. Kalida me hizo esto, me había dejado en este estado inservible.

—Te mataré —juré, agradecida por mi voz en su mayoría curada. Aquello mostraba un progreso.

Levántate, me dije.

—Ahora —añadí en voz alta.

Usando la pared como soporte, me obligué a levantarme y me mordí el labio por el dolor disparándose a través de mis piernas. ¿Me las había quebrado? No podía recordar. Todo lo sucedido después de Kalida era borroso. Algo sobre Sombras...

Los vellos de mis brazos se erizaron al pensarlo y un escalofrío recorrió mi columna vertebral. Asquerosos hijos de puta.

Deja de pensar y camina.

Era más fácil pensarlo que hacerlo.

Di un paso tembloroso y me estremecí. Tal vez si tuviera mis alas para equilibrarme esto no sería tan difícil. Un profundo anhelo se instaló dentro de mí mientras nuevamente deseaba mis alas.

Y nada.

Mis ojos se cerraron. *¿Y si ellas nunca más volvieran?*

Me balanceé sobre mis pies al pensarlo. Mis manos se dispararon hacia adelante para ayudarme a estabilizarme, conectando con algo duro en un costado.

—¡Oh! —Salté y mi equilibrio se fue hacia un lado. Un par de sólidos brazos me salvaron de volver a encontrarme con el suelo.

—Aunque prefiero que te encuentres boca abajo, deberías estar descansando —Xai besó mi cuello con su pecho contra mi espalda—. Joder, te he echado de menos —su agarre se intensificó mientras hundía su cara contra mi nuca.

Intenté girarme, pero no se movió. Su cuerpo estaba en total control del mío.

—¿Qué ha pasado, Xai? ¿Han sido esos portales?

Suspiró. Su cálido aliento fue bien recibido contra mi piel.

—Aún no sabemos qué o quién los creó, pero el problema ya ha sido resuelto por esta noche.

Me giró entre sus brazos y capturó mi boca con un beso que expresaba nostalgia y dolor. Cada recuerdo, cada sentimiento, cada deseo fue enfatizado con su lengua contra la mía.

Un *reaprendizaje*, me percaté. Él quería recordarme quiénes éramos el uno para el otro, cómo nuestros cuerpos se conectaban, a dónde pertenecíamos.

Envolví mis brazos alrededor de su cuello, pasé mis dedos por su largo y oscuro cabello y me sostuve mientras me devoraba.

Todas mis preocupaciones y temores desaparecieron.

Y la agonía propagándose en mi ser se desvaneció.

Solo Xai importaba, al igual que la manera en que su cuerpo se sentía presionado contra el mío.

—Más —le pedí contra su boca.

Él sonrió.

—Me encanta que pienses que estás a cargo aquí.

—Lo estoy.

—Mmm —sus manos cayeron sobre mis caderas mientras me apoyaba contra la pared—. Te he dicho que te he echado de menos y no me has correspondido, Evangeline. ¿Qué debería hacer al respecto?

Batí mis pestañas hacia él.

—¿Tal vez hacerme mostrarte cuánto te he echado de menos? —Sugerí.

—Eso iría en contra de tu descanso, amor —sus labios susurraron sobre los míos, lo suficientemente breve como para provocar, lo suficientemente largo como para demostrar su anhelo—. Nadie sabe que estás despierta. Solo nosotros —me acarició el cuello, con sus labios trazando mi clavícula—. Pero no estás lo suficientemente curada para lo que necesito hacerte.

Temblé bajo la promesa de esas oscuras palabras.

—No me romperé.

—Lo sé —susurró—. Nunca te rompes, mi fuerte, resistente, Evangeline —me besó la mandíbula antes de poner su boca nuevamente sobre la mía—. Casi te pierdo para siempre.

Mi corazón dio un vuelco ante el tormento grabado en esas palabras.

—Xai...

—No tienes ni idea de lo que fue buscarte y no saber si te encontraría a tiempo. Y verte bajo esos demonios de la Sombra —su frente cayó sobre la mía y su agarre en mis caderas se intensificó—. Casi me *quebró*. ¿Entiendes que destruiría todo y a todos por ti? Si te hubiera perdido... —tragó con brusquedad. La tensión emanaba de su cuerpo en forma de ondas—. No puedo perderte.

Capturé su rostro entre las palmas de mis manos y lo obligué a que se encontrara con mi mirada.

—Nunca me perderás, Xai. Siempre lucharé para encontrarte —sonreí, recordando algunas de las palabras susurradas en mis sueños—. Y de todos modos tú siempre me seguirás.

Xai no me devolvió la diversión. Sus iris negros ardían con emoción develada por primera vez.

—Podía oírte en mi cabeza, Evangeline. Por poco tiempo y solo cuando tu alma llamaba a la mía, pero *pude* escuchar tu tormento.

Lo miré fijamente.

—¿Eso... eso fue real? Pensé... pensé que había imaginado tu presencia como una forma de, no sé, escape.

—Fue tu alma la que se acercó a la mía para sobrevivir —susurró—. Es raro, pero así fue como te encontré en el reino de las Sombras. El aura de tu anillo finalmente se dio a mostrar, pero por sobre todas las cosas fue tu alma la que dirigió mi camino.

—¿Campos de Sombras? —Repetí, frunciendo el ceño. Sentí un escalofrío después de las palabras, sumiéndome en la oscuridad...

Seres oscuros dándose un festín con mi energía.

Succionado cada onza de mi fuerza.

Dejándome indefensa.

Sola.

Muerta.

Olvidada.

Sin un lugar a donde ir.

Un pozo interminable de soledad y...

—¡Evangeline! —El grito me trajo de vuelta. Mis ojos llorosos se encontraban parpadeando en dirección a un par de orbes oscuros que ardían lentamente. La preocupación arrugó su frente; su hermoso rostro que era mi recuerdo favorito. Toqué su mandíbula, su barbilla, sus altos pómulos y pasé mis dedos por su grueso y oscuro cabello. Del mismo color que las alas de su espalda.

Mi ángel oscuro.

—¿Por qué tienes el pelo tan largo? —Pregunté en voz baja, fascinada por la longitud.

No se había dejado el cabello así en siglos.

Sus pupilas se dilataron y un largo aliento escapó a través de sus exquisitos labios. Parecía tener sentimientos encontrados, aunque también se mostraba un poco perplejo.

—Pasé mucho tiempo en el Infierno intentando encontrarte y dejé de preocuparme por cosas triviales como mi pelo.

Continué acariciando los mechones.

—Me gusta.

Un costado de su boca se alzó.

—Entonces tal vez lo dejaré así.

—Bien —susurré, desatando el peso de mi agotamiento en un bostezo.

—Necesitas descansar, amor.

Asentí con la cabeza.

—Todo está tan borroso —incluso aproximadamente los últimos diez minutos.

O más. No pude recordar. Había algo importante para discutir. Tal vez.

Otro bostezo.

Podríamos discutir lo que sea que fuera después de un breve descanso.

Me levantó del suelo con un brazo bajo las rodillas y el otro alrededor de la espalda. Me acurruqué en su hombro, disfrutando de su fuerza y familiaridad.

—Hueles a guerra —uno de mis aromas favoritos. Todo silvestre y masculino con un toque de Xai por debajo—. Me gusta.

Se rio.

—Voy a disfrutar sacar esta conversación por la mañana.

—¿Por qué?

—Porque tengo el presentimiento de que no la recordarás.

—¿Por qué no la recordaría? Por supuesto que lo haré.

—Ya veremos —me besó la frente—. Duerme un poco, amor. Estaré aquí cuando despiertes.

—¿Lo prometes? —No sabía por qué lo decía, pero una parte de mí necesitaba estar segura. *Mi alma echaba de menos a su compañera.*

—No hay ningún otro lugar en los reinos donde preferiría estar más que a tu lado, Evangeline. Lo prometo —otro beso. Este me arrulló hacia un lugar de comodidad y serenidad, un lugar en el que desde hacía mucho tiempo no había vivido.

¿Cuántos años?

¿Dónde estaba yo otra vez?

¿En el Infierno?

¿Tortura?

¿Sombras?

Temblé ante el pensamiento; mi mente y mi cuerpo inmediatamente se opusieron a la palabra.

Dormir era lo que necesitaba, una noción mucho más agradable. Tal vez me ayudaría a sentirme bien de nuevo.

Y me devolvería mis alas...

Capítulo Doce

NO ME TIENTES, CARIÑO

—UNA MAGOSOMBRA RESIDUAL —LA EXPRESIÓN DE Rafaela se volvió pensativa—. Como una pesadilla, pero del reino de las Sombras. Me imagino que es la primera de muchas que vendrán por Evangeline. Los Demonios Sombra no son conocidos por su misericordia.

—Ella la vencerá —musitó mi madre. Sus ojos color avellana brillaban ante el conocimiento de su visión sobre el futuro.

Me aparté de la pared y fui a la cocina para coger una botella de agua. Ambas matriarcas bebieron té, su bebida favorita.

El desequilibrio emocional de Evangeline en la cueva me había asustado, más aún cuando pareció completamente inconsciente de su comportamiento. Había tardado casi diez minutos en silenciar sus gritos. Entonces ella se despertó y se fijó en mi pelo.

—¿Qué hay de sus alas? —Pregunté mientras regresaba a la terraza en el exterior. Ambas hembras estaban sentadas en sillas sin respaldo con sus alas de color claro iluminando el aspecto opaco del balcón.

—Se despertó demasiado temprano —respondió la madre

de Evangeline—. Su cuerpo todavía está reencontrándose con su mente.

—Por el contrario, su elección del momento oportuno fue impecable —el Arcángel del Destino se detuvo para sorber su té, arrastrando las palabras de la forma en que ella siempre había preferido—. Su despertar colocó a Xai en su puesto destinado. Si hubiese estado dormida, él habría perdido su llamado.

Oh, genial. Más cuentos crípticos de mamá.

—¿Qué significa eso, mamá?

Parpadeó hacia mí.

—¿Qué significa qué, cariño?

Sacudí la cabeza. No estaba interesado en jugar este juego justo ahora.

—Olvídalo.

—Ya casi estás listo —añadió, ignorándome—. Estoy tan emocionada de verlo. Pero, oh —miró el reloj. Sus ojos rebosaban de conocimiento—, debemos irnos, Rafa. Xai tiene planes.

Mis cejas se alzaron.

—¿Los tengo?

—Sí —dejó su taza de té vacía a un lado y las comisuras de sus labios se alzaron—. O ella los tiene. Como sea.

—¿Quién?

—No es cortés escuchar a escondidas, por cierto. Pero creo que ya has sido castigado por eso, ¿o me equivoco? —Se rio para sí misma. Sus palabras no tenían ningún sentido en absoluto—. La encontrarás en el reino de Alastor dentro de tres días celestiales, hijo mío. El Archidemonio no está al tanto, así que sé amable o las represalias serán terribles. Pero la Súcubo merece su destino —mi madre volvió a parpadear de esa manera espeluznante, como si se encontrara despertando de algún tipo de sueño—. Ya nos íbamos, ¿verdad, Rafa?

Rafaela simplemente sonrió, muy acostumbrada a los extraños modales de mi madre.

—Sí, así es.

—Preparativos —respondió mi madre con un trasfondo apremiante en su voz—. Eso es lo que vamos a hacer. Venga.

Se puso de pie y caminó fuera de la terraza sin despedirse. Sus alas matizadas del color del ópalo brillaban bajo la luz del amanecer.

—Creo que esa es mi señal —Rafaela sonrió y me dio una palmadita en el brazo—. Evangeline eligió bien, Xai. Nunca dudes en ello.

—No lo hago —una respuesta arrogante; por supuesto, pero honesta. Evangeline era mi compañera. Nadie jamás podría negarlo.

Las comisuras de sus labios se alzaron.

—Te pareces mucho a tu padre y aún así veo a tu madre en tus ojos —inclinó la cabeza hacia un lado—. Intenta en esta ocasión no perder a mi hija en el Infierno —guiñó un ojo y siguió a mi madre, dejándome sacudiendo la cabeza ante ambas.

Me pasé los dedos por el pelo, aturdido.

—Locas matriarcas.

—Siempre pensé que habías heredado tus misteriosas maneras de tu padre, pero ahora veo claramente que las sacaste de tu madre —Evangeline estaba de pie en la entrada completamente desnuda con su cadera inclinada contra el marco de la puerta y un tobillo cruzado despreocupadamente sobre el otro.

Mis ojos recorrieron cada centímetro de su atlética figura. Había perdido algo de peso durante su cautiverio, pero su genética angélica se estaba reafirmando lentamente en la ligera curva de sus caderas y en el peso flexible de sus pechos.

Precioso.

—¿Cómo te sientes? —Pregunté en voz baja.

—Irritada —sus ojos azules ardían.

Ladeé una ceja.

—¿Irritada?

—Sí —me miró fijamente—. Estoy desnuda, Xai.

—Ya lo creo, Evangeline.

—Haz algo al respecto.

Mis labios se movieron divertidos.

—Te ofrecería mi camisa, pero no la llevo puesta —ese parecía ser mi estado constante en estos dias: pies descalzos, jeans y sin camisa. Extrañamente no echaba de menos mis trajes.

Su mirada se estrechó.

—Sabes que eso no es lo que quiero.

Incliné mi cabeza hacia un lado juguetonamente.

—¿Qué quieres, amor?

—¿Justo ahora? Matarte.

—Una propuesta entretenida —musité—. Inténtalo y tal vez te recompense —serviría como una dosis de seducción, además de una evaluación de la fuerza de Evangeline. Me negaba a presionarla hasta supiera que ella podía soportarlo.

No hicimos el amor. Follamos. Duro.

Extendí un poco más las piernas y la provoqué con una mirada dudosa.

Su gruñido resultante fue directo a mi ingle. Y junto con su falta de ropa, bueno, mis pantalones se sintieron de repente un poco apretados.

—¿Te estás arrepintiendo, cariño? —Di un paso hacia ella —. ¿Preocupada de que puedas estar fuera de práctica?

Sus iris se oscurecieron hasta conseguir mi tono favorito de zafiro, conociendo su respuesta antes de que siquiera se moviera. Cogí su puño antes de que conectara con mi cara y la giré entre mis brazos con facilidad. Su espalda desnuda terminó impactada contra mi pecho. La patada de talón que intentó contra mi espinilla me hizo levantarla del suelo con un impenetrable abrazo para después elevarnos al cielo.

Inmediatamente dejó de sacudirse y su corazón se aceleró.

—Xai...

—¿Preocupada de que te deje caer? —Pregunté contra su oreja—. ¿Crees que hacerlo forzaría a tus alas a aparecer? —Nunca lo haría aun cuando ella dijera que sí. Pero la simple amenaza la puso tensa.

Se sujetó de mis antebrazos.

—No lo hagas.

—¿Asustada?

Sus palpitaciones en aumento respondieron por ella.

—No lo hagas, Xai.

—Si estás lista para follarme, estás lista para volar —aflojé mi agarre lo suficiente para enfatizar el punto.

Sus uñas se clavaron en mi piel, haciéndome sangrar.

—No me hace gracia.

—Tampoco lo es el que intentes seducirme cuando ambos sabemos que estás muy lejos de estar lista para mí.

—¿Así que me castigas al recordarme que no tengo mis alas? —Tenía la voz quebrada—. ¿Como si no me sintiera ya a punto de romperme sin ellas?

Joder. Ese no ha sido el punto de todo esto.

Su agarre rasgó mi carne mientras la movía entre mis brazos, forzándola a mirarme. Había lágrimas brillando en sus ojos y eso me estaba rompiendo el corazón.

—Oh, Evangeline —toqué mi frente con la suya mientras disminuía la velocidad nuestro vuelo a un ritmo de planeo en medio de las nubes—. Lo siento, amor.

—Duele —dijo bruscamente, enterrando su cabeza contra mi cuello—. Duele tanto que necesito olvidar, Xai. No puedo. Necesito que te lleves todo, el dolor, los recuerdos. Necesito que me quieras. Que me muestres que aún soy lo suficientemente buena. Que me recuerdes quiénes somos juntos. Que me prometas nuevamente el "para siempre". Que me demuestres que no estoy tan rota como me siento. Por favor, Xai. Por favor, Xai. Te lo ruego. Yo...

Metí mis dedos en su pelo, le tiré la cabeza hacia atrás y la silencié con mi boca. Me dolió físicamente escucharla tan desesperada, tan *destrozada*.

Si quería olvidar, yo podía dárselo. Le daría cualquier cosa que deseara. Ella tenía que saber eso.

Mi lengua separó sus labios, exigiendo entrar, exigiendo que me prestara toda su atención. Los recuerdos estuvieron prohibidos. Al igual que la oscuridad, excepto mi marca personal. Nada de pensamientos sobre el Infierno, venganza, cambio de poderes. Nada de eso.

Rodé sobre mi espalda, dejándome llevar por el viento. Sus brazos rodearon mi cuello y su cuerpo se fundió con el mío.

Joder, había echado de menos esto.

A ella.

Al aire contra mis alas.

Al follar en las nubes...

—Te quiero. Eres mi razón de ser, Evangeline.

Lágrimas cayeron en cascada por sus mejillas mientras me devolvía el beso con una pasión que hizo que mi cabeza diera vueltas. Dejé que tomara el control, solo por un momento. Su lengua luchó acaloradamente con la mía mientras buscaba el consuelo que necesitaba.

Luego sus palmas exploraron mis hombros, mi torso, mis abdominales, el botón sujetando mis jeans.

Se necesitó todo tipo de control para concederle el poder.

Mi cremallera fue bajada y mi polla se liberó entre nosotros.

—Más, Xai —sus dientes se hundieron en mi labio inferior—. Te estás conteniendo y...

Gruñí contra su boca, mordiéndole la espalda con más fuerza hasta que el sabor de su sangre impactó contra mi lengua.

—Envuelve tus piernas alrededor de mí, Evangeline.

Obedeció de inmediato y su húmedo calor se encontró con mi miembro. Mis alas colapsaron, enviándonos hacia una espiral descendente. Sus brazos y piernas se apretaron a mi alrededor y su excitación se mezcló con el miedo.

Frágil o no, ella quería olvidar. Y yo tenía la intención de cumplir.

Por ella.

Por nosotros.

Para asegurarse que nunca olvidara quién era su dueño, quién era yo, quiénes éramos juntos.

—Mía —gruñí. Embestí dentro de ella y me elevé al mismo tiempo, llevándola a lo alto del cielo mientras la reclamaba de la forma más dura.

Gritó. Sus ojos brillaban debido a las lágrimas, pero por una razón completamente nueva, incluso mientras una sonrisa alzaba las comisuras de sus labios.

Entonces la besé, verdaderamente, con todo mi ser. Follando su boca como lo hacía con su cuerpo, sobrepasando cada límite, poseyendo cada centímetro suyo de la misma manera en que ella poseía mi alma, y extinguiendo cualquier preocupación que tuviera sobre qué significaba para mí.

—Te quiero —repetí una y otra vez y otra vez. Esta vez sus lágrimas eran de felicidad y gozo mientras me regresaba las palabras. Su corazón latía al mismo ritmo que el mío mientras nuestros cuerpos florecían en las nubes.

Ella se rompió, pero solo por el éxtasis. Su orgasmo ahuyentó todo el tormento y el dolor remanentes y su cuerpo convulsionó eufórico mientras mi nombre abandonaba sus labios hinchados.

—Otro —le exigí, negándome a dejarla ir tan fácilmente.

Un brazo permaneció envuelto alrededor de su espalda baja, sosteniéndola mientras mi mano opuesta se deslizaba entre nosotros hasta su sensible clítoris. Se sacudió. Su cuerpo reaccionó muy pronto a la caricia, pero continué y no me detuve, determinado a ver nuevamente esa expresión eufórica en su rostro antes de unirme a ella.

Su boca se abrió con un grito y su cabeza cayó hacia atrás mientras yo la embestía con más fuerza. Utilicé mis alas a mi favor y la hice mía de la manera en la que yo anhelaba hacerlo, la manera que ella había solicitado. Y sus cantos me dijeron que lo aprobaba enormemente.

Se aferró a mis hombros, mis bíceps para luego volver nuevamente a mis hombros. Su cuerpo temblaba contra el mío.

Tan cerca.

Aparté mi boca de la suya para morder su cuello; moría de ganas de marcarla fuertemente.

—Mi compañera —gruñí—. Siempre. Para toda la vida. Mía —la mordí de nuevo mientras presionaba con fuerza sobre su clítoris.

—¡Xai! —Gritó, fracturándose a mi alrededor. Sus paredes me sujetaban tan apretadamente que no pude evitar seguirla hasta olvidar.

Y joder, dolió de la mejor manera. Mis testículos se apretaron mientras me vaciaba en lo profundo de ella una y otra vez, reclamando cada parte suya, con mi alma uniéndose con la de ella en un lazo por la eternidad... una vez más.

Se sacudió violentamente con su frente apoyada contra mi hombro. Luego me percaté con un sobresalto que estaba llorando.

—Evangeline —susurré, preocupado de que la hubiera lastimado o dañado de alguna manera con mi ferocidad por reafirmar mi dominio.

Busqué un lugar para aterrizar, encontrando uno en un campo cercano. Aterricé mientras lloraba metida en mis brazos.

—Oh, cariño...

Por esto yo no hice... no debí...

Sus uñas se clavaron en mis hombros y su boca encontró la

mía mientras me besaba entre los sollozos. No lo entendía. No podía comprenderla.

¿Qué te ha pasado?

—Gracias —susurró, besándome más fuerte—. Gracias.

La acuné contra mí, devolviéndole el abrazo a pesar de mi confusión.

—Te quiero —continuó—. Dios, Xai, detesto lo mucho que te quiero, pero lo hago. Tú también eres mi razón. Mi compañero. El que siempre sabe cómo volver a armar mis piezas —más besos, más llanto, más sacudidas—. La odio, Xai. Las cosas que me hizo, quería cicatrizarme, arruinarme para que tú no me quisieras más y me preocupé... lo sabía... pero me preocupé... —se detuvo. Lágrimas inundaron sus ojos—. Dios, me siento como una tonta por siquiera haber pensado...

—Shh —murmuré, entendiendo ahora. Ella misma se sentía como si me hubiera traicionado por haber creído que tal cosa era posible—. La tortura no es solo física, cariño. También es mental —y claramente Kalida había hecho más daño del que cualquiera de nosotros hubiera imaginado—. Nos curaremos juntos. Es lo que hacemos.

Volvió a enterrar su cabeza en mi cuello y sus hombros temblaron violentamente mientras lloraba, mientras se permitía finalmente sentir todo lo que le había sucedido dentro la seguridad de mis brazos.

Incluso ángeles tan viejos como nosotros necesitaban romperse a veces. Lo que ella había soportado, la mayoría nunca lo habría sobrevivido. Pero mi Evangeline era excepcional.

Ella era mía.

Mi propósito.

Mi eternidad.

Capítulo Trece

PARECE QUE HE PERDIDO MI HUMANIDAD

La luna se reflejaba en las alas de Xai mientras nos llevaba volando de vuelta a su refugio, el hogar que había reclamado años atrás y que nadie más se atrevía a tocar ni siquiera en su ausencia. El silencio había caído sobre la ciudad. La mayoría de los nuestros se habían acomodado para pasar la noche mientras los Centinelas los vigilaban mientras dormían.

Apoyé mi cabeza contra el hombro de Xai, exhausta tanto física como mentalmente. Me había sujetado cuando había llorado, follado cuando se lo había pedido y besado durante lo que parecieron horas.

Su largo pelo cosquilleaba mi la mejilla, haciéndome sonreír a pesar de mi estado somnoliento.

—Todavía no quiero que te lo cortes.

Aterrizó en su terraza mientras soltaba una risa y su mirada oscura se encontraba con la mía.

—Veremos si se adapta a la época actual cuando volvamos a la Tierra.

Lo consideré con el ceño fruncido mientras mi mente intentaba procesar lo imposible.

—¿Qué año es allá abajo?

Se encogió de hombros.

—Honestamente en este momento no tengo ni idea, pero todo ha cambiado. De nuevo.

Una referencia a nuestra última estancia en el Cielo.

Jadeé.

—¡Oh, mierda, Gwen! —No había hablado con ella desde antes de lo sucedido, ni siquiera le advertí que estaba en una misión. Ni siquiera había pensado en ello.

Pero qué buena amiga soy.

—Ella sabe dónde estás —dijo Xai mientras me colocaba sobre su cama y se extendía a mi lado. Sus pantalones estaban desaparecidos en algún parte, probablemente para que nunca fueran hallados—. Zebulon la mantuvo informada durante nuestra búsqueda y, según tu madre, Azrael le proporcionaba información sobre tu estado de salud aquí.

—¿Zebulon? —Repetí con temor, recordando la incipiente relación de Gwen con el Señor Demoníaco.

—Se han hecho cercanos —Xai deslizó su brazo debajo de mis hombros y me tiró hacia él. Su pecho era como la almohada perfecta para mi cabeza—. Por lo que sé, es bueno con ella. Zane también.

Lo miré boquiabierta.

—¿Qué?

—Sí, dejaré que ella te cuente esa historia —respondió, sonriendo—. De todas maneras, tenemos algo más importante que discutir.

—¿Ah, sí? —Pregunté, no estando segura de haber accedido. *¿Gwen, Zeb y Zane? ¿Qué coño es?*

—Sí. Kalida.

El nombre esfumó casi al instante todos mis pensamientos sobre Gwen y mi necesidad de venganza apareció.

—Ella necesita morir.

—Sí, mi madre también dijo eso. ¿Sospecho que habló contigo? —Recordé sus palabras desde la terraza y asentí con la cabeza—. Ella sabía que yo era parada justo adentro, escuchando.

—Al menos el comentario oído a escondidas tiene más sentido ahora.

Sí, esa sutil reprimenda había sido dirigido hacia mí. Pero no era como si me hubiese preocupado. Por mucho que hubiera querido ver a mi madre, fue Xai al que había deseado más cuando desperté y él no había estado donde yo lo necesitaba.

—Tu madre dijo que Kalida está en el reino de Alastor, o lo estará.

—Sí, normalmente no da pistas tan obvias sobre el futuro, lo que me dice que necesitábamos su ayuda para encontrar a Kalida.

Sacudí la cabeza.

—No, ella estaba emitiendo un veredicto del destino y solicitando que la muerte; yo, lidiara con el castigo—eso me dio a entender su declaración: *Pero la Súcubo merece su destino.*

—Una sentencia de muerte —dijo Xai, comprendiendo—. En menos de tres días.

—Lo que significa que necesito encontrar mis alas —y el resto de mis fuerzas.

Me acarició suavemente el brazo. Su corazón latía de forma constante bajo mi oído.

—Todo el mundo está centrado en el cambio de poder, no en Kalida. Ella probablemente lo sabe, lo que sugiere que ha entrado en un estado de comodidad ya que nadie la está buscando activamente.

—¿Nadie? —Repetí, sorprendida—. ¿Ni Ashmedai?

—Especialmente Ashmedai. Está ocupado protegiendo sus tierras junto con su gente, al igual que los otros Archidemonios, incluso los Señores Demoníacos de la Tierra. Están sucediendo cosas extrañas en el inframundo, Evangeline, y nadie sabe la causa.

—Como los portales de anoche.

—Sí, exactamente.

Lo consideré con el ceño fruncido.

—¿Pero no eran como los que Geier y Kalida crearon en la Tierra?

Xai se quedó un momento en silencio, con su mano yaciendo sobre mi brazo.

—Sí, pero más poderosos.

—Significa que alguien los ha perfeccionado, coincidiendo con la línea de tiempo, ¿verdad? ¿Cuántos miles de años han pasado en el Infierno desde el incidente en la Tierra?

—Piensas que Kalida está involucrada.

—¿Cómo no podría estarlo? Piénsalo. Ella y Geier comenzaron a crear un ejército en la Tierra para apoderarse del territorio de su padre y fracasaron. Pero alguien la ayudó a escapar, quien supongo que aún no ha sido identificado, lo que indica un nivel de poder que supera o iguala al de Ashmedai. Ella también tiene una mascota Nefilim que de alguna manera enmascara su aura incluso cuando él no está a su lado, y él prospera en el Infierno. ¿Es todo una coincidencia?

—Ya sabes lo que pienso de las coincidencias.

—Sí, era una pregunta retórica. Ambos sabemos que todo está relacionado —me apoyé sobre mi codo y me encontré con su mirada oscura—. ¿Podría ser otro Archidemonio el que está jugando el equilibrio?

—Requeriría más energía que eso —me acarició la espalda. Su expresión se volvió curiosa—. La Divinidad se está fracturando. No estoy seguro de qué sucedió, pero Johanna está en el Infierno con Bael y creo que Ezra está apareado con un Híbrido.

Mis cejas se alzaron.

—¿Algo de eso está siquiera permitido?

—A estas alturas no estoy seguro de que alguien se encuentre siguiendo las reglas —diversión tiró de las comisuras de sus labios—. ¿Está mal que lo apruebe?

—No, es muy tú —me incliné para besarlo y mis labios se mantuvieron un momento contra los suyos—. Hijo del Caos.

—Y el Destino —añadió y su ceño se arrugó un poco—. Mi madre parece estar indicando que tengo un nuevo próximo camino.

—Sí, lo escuché —susurré—. ¿Algo acerca de tu llamado?

Me pellizcó el costado.

—Realmente estabas escuchando a escondidas.

Me moví hacia atrás con un resoplido.

—Mira quién lo dice.

Se encogió de hombros, sin remordimientos.

—En cuanto a mi madre, todavía no me queda claro qué es lo que está prediciendo, como siempre, pero parece inminente. Y... —se detuvo y sus pupilas se contrajeron de una inquietante manera—. Yo también lo percibo así, Evangeline.

Lo examiné, a la misteriosa contracción y expansión de sus oscuros iris, a la forma en que él cogió un brillo casi distante, como si buscara el hilo de ese escurridizo pensamiento.

—Tus poderes también se están fortaleciendo.

Tragó y asintió con la cabeza.

—Sí, creo que sí. Eso explicaría cómo profundicé nuestra conexión, cómo sobreviví al reino de las Sombras sin siquiera un rasguño, cómo logré doblegar a Ashmedai a mi voluntad, por qué los otros ángeles parecían mirarme como a un líder, cómo sentí los portales anoche antes de que se formaran... —se paró en seco con expresión preocupada.

—Por eso me desperté temprano —comprendí—. Debes haberlo provocado de alguna manera cuando percibiste el disturbio.

—No, esa fue tu alma despertando ante la llamada de la muerte —lo dijo con tanta confianza como si *supiera* que fuera verdad. Y él ni siquiera lo notó.

—Eres el hijo de dos Arcángeles. Siempre has favorecido el caos porque te sirvió bien en tu papel en la Tierra, pero la sangre de tu madre también vive dentro tuyo. Tal vez esa habilidad se encuentra despertando.

—¿Pero por qué después de todos estos milenios?

—Porque ya casi es el momento —murmuré—. ¿No es eso lo que dijo tu madre?

Lo consideró y sus ojos volvieron a destellar con ese distante brillo.

—Sí. Ojalá yo supiera lo que significa.

—Algo me dice que vamos a averiguarlo, y pronto.

Asintió con la cabeza. Sus dedos volvieron a recorrer mi brazo mientras me tiraba hacia él.

—Pero primero nos ocuparemos de Kalida.

—Sí —coincidí—. Y hay que averiguar cómo está vinculada a todo esto —porque presentía con cada fibra de mi ser que estaba involucrada. Tenía que estarlo.

—Eso nos da dos días para curar tu alma y encontrar tus alas.

—¿Alguna idea de por dónde empezar? —Porque aparte de mis alas perdidas yo me sentía casi normal. Casi.

—En realidad sí —me aplastó debajo de él y la parte inferior de su cuerpo se asentó entre mis muslos. Mi aliento se estremeció ante la posición más íntima; la sensación de su caliente y duro miembro contra mi suave carne.

—Xai...

—Evangeline —respondió, deslizándose dentro de mí—. Me rogaste que te follara, ¿no es así?

Me arqueé debajo de él y un gemido abandonó mis labios, sonando misteriosamente como una afirmación. Le había rogado que lo hiciera de nuevo si eso significaba otro episodio de placer y olvido.

—¿Pensaste que habíamos terminado, querida? —Enfatizó la pregunta con una fuerte embestida que me hizo suspirar contenta.

Yo lo amaba. Esto. A nosotros.

Mis dedos se enhebraron en su pelo, tirando de él hacia abajo para un beso que negó con una sonrisita burlona sobre mis labios.

—Ruégame otra vez, Evangeline.

En cambio, lo mordí.

—Dame más.

Puso una sonrisa.

—Tan desafiante.

—Tan arrogante.

Me acarició la nariz.

—Tan perfecto.

—Tan mío —respondí, intensificando el agarre en su pelo.

—Para siempre, amor.

—Muéstrame —le lamí el labio inferior—. Prométeme —volví a lamerle la boca, urgiéndole a abrirla—. Devórame —me sumergí dentro, tarareando en señal de aprobación—. Hazme tuya.

Esas dos últimas palabras salieron como un aliento contra su boca y mi cuerpo tembló necesitado debajo de él.

Electricidad crepitó entre nosotros y sus iris se oscurecieron para hacer juego con sus alas.

—Aférrate a mí, amor.

Envolví mis brazos alrededor de su cuello y juré:

—Nunca te voy a soltar.

Capítulo Catorce

UNA RÁPIDA GUÍA SOBRE CÓMO SEDUCIR A LA HIJA DE LA MUERTE: COMPRARLE JUGUETES DE PLATA

EVANGELINE EQUILIBRÓ LA ESPADA CON LA FACILIDAD de un profesional experimentado mientras su postura estaba más que lista.

—Sigo prefiriendo las cuchillas.

—Lo sé —golpeé y ella respondió con su flexible cuerpo desplazándose con facilidad.

—Y las armas —añadió mientras esquivaba mi siguiente movimiento.

—Lo sé —repetí.

Arqueó una ceja rubia.

—¿Recuérdame otra vez por qué estamos haciendo esto?

—Porque es divertido.

Me miró de forma dudosa y lanzó su espada a un lado.

—Prefiero pelear.

Suspiré, bajando mi espada.

—Es como si quisieras que te mataran.

Sus dedos se movieron sobre las dagas arrojadizas envainadas contra sus costados.

—Todavía estoy armada —felicidad brillaba en su mirada,

confirmando que aprobaba los artículos que le había regalado esta mañana.

La mayoría de las mujeres querían diamantes. Mi mujer prefería cuchillas de plata. No representaba un problema en el Cielo porque la sustancia existía en abundancia, pero sí que era un poco más difícil en la Tierra, pero me las arreglé.

—Entonces vamos a pelear —dejé mi espada junto a ella con mucha más gracia y abrí las piernas—. Muéstrame lo que tienes, Evangeline —introduje incertidumbre en mi tono solo para molestarla. Y funcionó.

Sus ojos se entrecerraron.

—Con gusto.

Se movió más rápido de lo que esperaba, lanzando golpes con el pie en lugar de la palma de la mano e impactando mi muslo antes de esquivar mi contraataque.

—Eso ha sido realmente bueno.

—Suenas sorprendido.

—Lo estoy —admití.

Su fuerza ciertamente había regresado, y con ella, su habilidad. ¿Fue la atmósfera del Cielo la que ayudó a su recuperación? ¿El poder curativo de su madre? ¿O también había sido afectada por las energías alteradas a través de los niveles?

Otra patada rápida —la que en esta ocasión atrapé—, seguida de un puñetazo que casi conectó con mi mandíbula. Esquivé su segundo puño y le lancé uno de los míos, apenas rozándole el hombro.

—Más —animé. Pelear con Evangeline era más caliente que el mejor juego previo. Hacía que mi sangre hirviera y creaba una electricidad entre nosotros que no existía en ningún otro lugar.

Rodeamos al otro, golpeamos, retrocedimos, pateamos, nos agarramos desprevenidos y no paramos de movernos hasta que ambos nos encontrábamos jadeando.

—No te he visto pelear así en años —susurré, asombrado.

—Se siente bien —trató de hacerme perder el equilibrio con su pierna, pero la agarré y la hice girar entre mis brazos, poniéndola de espaldas a mí y llevando mis labios hacia su cuello.

—Tú te sientes bien —intentó salir a codazos de mi agarre, ocasionando que me riera—. Puede que seas más rápida, cariño, pero yo soy definitivamente más fuerte.

Se retorció más hasta que finalmente se dio por vencida. Su cabeza cayó contra mi hombro.

—Esto no es productivo.

Presioné mi polla dura contra su trasero.

—No estoy de acuerdo.

—Solo piensas en una cosa —gimió—. Necesito mis alas, Xai.

Me preocupaba que no hubieran aparecido, especialmente con su cuerpo totalmente curado. ¿Acaso los demonios de las Sombras habían dañado permanentemente y de alguna manera esa parte de ella? Odiaba ese pensamiento y a su posibilidad, y me negaba incluso a expresarlo.

Rafaela lo habría percibido, ¿verdad? ¿Evangeline también?

—Tú también estás preocupado —dijo ella, hundiéndose contra mí—. ¿Y si no vuelven?

—Lo harán —la giré entre mis brazos y capturé su rostro con mis palmas—. Sólo tenemos que darle tiempo.

—No tenemos tiempo —argumentó—. Ella estará en el reino de Alastor hoy, Xai.

Suspiré. Sí, dos días habían ido y venido demasiado rápido. Pero había un elemento en esto que Evangeline parecía ignorar.

—No necesitas tus alas en el Infierno.

Reflexionó, con sus ojos azules sosteniendo los míos.

—Pero sin ellas mi salud no está completa.

—A mí me parece que estás bastante bien —dijo mi madre mientras aterrizaba a nuestro lado.

—Hola, madre —murmuré mientras Evangeline se movía a mi lado y colocaba su brazo alrededor de mi espalda baja por debajo de mis alas.

—¿No deberías estar justo ahora dirigiéndote al reino de Ashmedai? —Preguntó mi madre, ignorando los saludos como de costumbre—. Hay varios caminos y yo estoy a favor de este —sus extraños ojos se desenfocaron, reenfocaron y desenfocaron de nuevo mientras los patrones del futuro cambiaban frente a ella—. La Súcubo dirá que lo sabe, pero no es así. Su destino está en manos de la muerte. Consulta con la Hija de la Guerra. Es poderosa —mi madre parpadeó y luego sonrió—. Ahí lo tienes, eso servirá. Que tengas un buen viaje, pero vuelve pronto. Te necesitamos.

Se elevó en un gesto colorido y sus alas de ópalo brillaron bajo la luz del sol.

—¿Hija de la Guerra? —Repitió Evangeline—. El Arcángel Scion no tiene un hijo.

Una imagen destelló en mi cabeza, inesperada y voluntaria, pero completamente cierta.

—Trudy.

La mirada de Evangeline se elevó hacia la mía y sus cejas se alzaron.

—¿Qué?

—Mi madre está hablando de Trudy —no tenía ni idea de cómo lo sabía. La Nefilim no se parecía en nada a su padre, excepto quizás por los angelicales rasgos faciales—. Tenemos que ir al reino de Ashmedai.

—Pero...

—Estás preparada —dije, sabiendo exactamente lo que Evangeline pretendía decir—. Estás luchando mejor de lo que lo has hecho en décadas y con mi sangre serás lo suficientemente fuerte para enfrentarte a todos en tu camino. Y tendrás mis alas en caso de que las necesites —porque yo estaría entrando al Infierno en modo total de Arcángel.

Sus iris azules se contrajeron alrededor de sus pupilas. Su expresión mostraba respeto más que de inquietud.

—Confío en ti.

—Lo sé —dije.

—A pesar de que eres un imbécil arrogante.

Mis labios se sacudieron.

—Lo sé.

—Bien —me rodeó el cuello con sus brazos—. Ahora dame un poco de sangre y nos iremos.

—Vampira.

—Arcángel Caótico —respondió.

Adoraba a esta mujer más que al propio oxígeno.

—Bésame.

—Creí que nunca me lo pedirías.

—No fue una petición —corregí. Mis labios rozaron los suyos—. Abre —deslicé mi lengua con un agudo movimiento que ardió y me metí en su expectante boca. El instinto me dijo que ella no necesitaría mucho, lo que parecía opuesto a la experiencia pasada.

Nuestro vínculo se está fortaleciendo.

¿Porque finalmente hemos cedido a él? ¿Por todo lo que hemos pasado juntos últimamente? ¿Debido a los cambios en el Infierno elevándose al Cielo? ¿O todo lo anterior?

Su gemido contra mi boca me regresó a ella, a nosotros, a nuestro abrazo. Profundicé nuestro beso, forzando más de mi esencia en ella, envolviéndola en mi protección al llenarla con mi línea sanguínea del Caos. Sería capaz de moverse por el Infierno de manera tan libre como yo, al menos temporalmente. Pero le daría más en cuanto yo sintiera su debilitamiento, y juntos, encontraríamos a Kalida y la llevaríamos ante la justicia.

Tracé con mi lengua la separación de sus labios, amando su sabor.

—¿Lista? —Pregunté en voz baja.

Asintió.

—Tengo mis cuchillas.

Cogí mi espada favorita, la envainé contra mi cadera y luego agarré unas cuantas estrellas ninja de la mesa de armas. Parecía que mi madre nos había encontrado en el lugar correcto en el momento adecuado.

El destino.

Sujeté a Evangeline por la cintura, alineando su cuerpo con el mío.

—Sujétate.

Me rodeó el cuello con sus brazos y capturó mi mirada.

—Como si alguna vez pudiera dejarte ir.

—Es verdad —le dije, sonriendo—. Si lo intentaras, te seguiría.

—Acosador —bromeó.

—Posesivo —corregí, activando mis escudos y cayendo en picada hacia el inframundo.

Un mapa del lugar a donde quería llegar se formó en mis pensamientos, ayudándome a centrar la ubicación actual del reino de Ashmedai. Los mundos del Infierno cambiaban constantemente, haciendo difícil este tipo de viaje. Requería concentración, control y precisión.

Evangeline no dijo nada. Sus brazos permanecieron fuertes a mi alrededor, con sus piernas rozando las mías. Si navegar no hubiera requerido toda mi atención, la habría besado. Desgraciadamente, llegar sanos y salvos era lo más importante.

Nuestros pies tocaron cerca de los escalones del edificio de Ashmedai y mis alas envolvieron nuestros cuerpos mientras Evangeline se orientaba.

—¿Estás bien, amor?

Tragó duro.

—Me siento diferente —sus párpados se elevaron para mostrar un par de deslumbrantes ojos azules tan oscuros como el zafiro de su anillo. Sus extremidades comenzaron a temblar y sus labios se separaron con un agudo jadeo.

—¿Qué es? —Exigí con mis manos en sus caderas, manteniéndola firme mientras las convulsiones la sacudían de pies a cabeza.

Electricidad crepitó entre nosotros, *a través* de nosotros.

Los brazos de Evangeline abandonaron mi cuello y sus manos se volvieron puños en sus costados mientras echaba la cabeza hacia atrás. La euforia navegó a través de nuestro vínculo y su boca dibujó la más bella de las sonrisas.

Luz estalló mientras sus alas se rasgaban a través de su espalda. Sus alas violetas eran un hermoso contraste con mis alas negras.

Una risa alegre brotó de ella, causando que mis labios se movieran.

—Siempre tan desafiante —murmuré, acariciando su garganta —. Se supone que no debes tener alas en el Infierno —solo los Arcángeles poseían esa habilidad fuera del Cielo, pero por supuesto que Evangeline encontró una manera de desafiar la razón.

Sus labios tocaron los míos y su júbilo nos envolvió a ambos.

Auras demoníacas nos rodeaban. Su tensión era palpable.

Las ignoré y devolví el beso de Evangeline, con mi lengua apareándose con la suya en la danza más antigua. Sonrió contra mí, sus brazos rodearon mi cintura y sus pechos presionaron contra mi torso desnudo. Afortunadamente para nuestra pelea se había puesto una blusa con la espalda descubierta en caso de que sus alas volvieran.

El carraspeo un impaciente Archidemonio me hizo sonreír contra los labios de Evangeline.

—Creo que Ashmedai está listo para recibirnos.

No pareció arrepentida en lo más mínimo.

—¿Oh? Entonces supongo que deberíamos dirigirnos a él.

Soltando una risita, plegué mis alas contra mi espalda

mientras Evangeline hacía lo mismo. Ashmedai estaba apoyado contra la barandilla de la escalera con Trudy en su lado. Era interesante cómo ella siempre parecía estar con él, y de nuevo, ambos llevaban cuero para combate a juego.

Compañeros, una externa parte de mi mente susurró.

Imposible, respondí.

El Archidemonio alzó su ceño.

—¿Estáis aquí para cotillear o para ayudarnos?

Una interesante respuesta a mis pensamientos.

—Eso depende de qué tipo de ayuda necesitan de nosotros —respondí—. Mi enigmática madre nos envió, algo sobre "rumbos distintos".

Ashmedai resopló.

—Maldito Destino —se giró, con sus alas color azul marino brillando bajo el sol teñido de azul—. Seguidnos.

Trudy avanzó a su lado sin una sola palabra de saludo y con pasos confiados.

—¿Cuánto tiempo ha estado ella aquí abajo? —Susurró Evangeline en cuanto empezamos a seguirlos.

—Varios miles de años —respondió Trudy. Su alegre voz estaba llena de madurez y experiencia—. Pero el tiempo pasa de manera extraña cuando te aventuras frecuentemente entre los niveles.

Ashmedai colocó la palma de su mano en la parte baja de su espalda y ella se acercó a su lado. Evangeline me agarró el antebrazo, la única indicación de que se había dado cuenta, además de una sutil señal de que discutiríamos aquello más tarde.

Tal vez realmente se habían apareado.

Entramos en la sala de entretenimiento del opulento palacio de Ashmedai y continuamos por un pasillo ornamentado que parecía ser una especie de cuarto de operaciones. Había mapas esparcidos por una larga pared e imágenes de vigilancia reproduciéndose frente a ella, además de un dibujo estratégico llenando otro espacio.

Los demonios habían estado ocupados.

Examiné los reinos conocidos y los comparé con los que había dentro de mi mente, percatándome de que la mayoría de ellos eran una predicción del futuro con el desplazamiento incorporado. Colores variados parecían indicar los lados, y sus contrapartes estaban situados en los diversos territorios de la Tierra. Zebulon y Ashmedai compartían el mismo tono, confirmándolos como aliados.

Evangeline examinó cada uno de los dibujos con expresión calificada; sus milenios de experiencia la habían preparado para ese objetivo.

—Una guerra demoníaca —dijo rotundamente—. ¿Pero quiénes son los seres de rojo?

—Enigmas —respondió Ashmedai—. Seres que se elevan al poder a través de medios desconocidos y drenan los recursos de otros.

Evangeline tocó un ubicador gris.

—¿Y qué hay de los grises?

—Los recursos agotados —dijo Trudy, acercándose a ella junto a la pizarra—. Los Archidemonios están perdiendo poder y muriendo, al igual que sus constituyentes. Aquellos en azul, como Ashmedai, aún no han sido afectados.

—Porque adquirieron sus propias fuentes de poder —dije, impresionado—. Por eso querías a Trudy, por eso Bael tiene a Johanna, y déjame adivinar, ¿Alastor tiene también a alguien de interés? —Él se mostraba de un sólido color de un azul sobre el esquema, indicando su floreciente poder—. Todos vosotros habéis aprovechado el equilibrio para salvaros.

Ashmedai simplemente se encogió de hombros.

—Hacemos lo que es necesario para sobrevivir.

Trudy resopló.

—Sí, ha sido muy difícil para ti.

Sus ojos color púrpura brillaron.

—Extremadamente difícil, sí.

La Nefilim, o lo que fuera ahora, estrechó su mirada.

—Cuidado, Ash. Conozco todas tus debilidades.

—¿No es eso lo que lo hace más divertido? —Preguntó, ladeando la cabeza. Y luego le guiñó un ojo antes de centrarse en mí—. ¿Cómo están tus mayores?

—Curándose —respondí—. La advertencia de Trudy nos dio tiempo suficiente para prepararnos, aunque creo que muchos de ellos aún siguen conmocionados por el incidente. Incluso con la anticipación y la preparación, nadie pensó que realmente sucedería.

—Y pronto va a suceder de nuevo —Trudy señaló una zona roja del Infierno—. Hay tropas acumulándose aquí y no, no es para empezar una batalla en el Infierno.

—Así que en la Tierra o en el Cielo —murmuré, examinando los números listados en el mapa táctico—. Son muchos demonios.

—Sí —coincidió ella—. Dirigidos por entidades poderosas sin nombre.

—¿Porque no los reconoces? —Supuse.

—Porque no podemos identificarlos —Ashmedai se cruzó de brazos—. Por lo que sabemos hasta ahora, son insignificantes demonios que de alguna manera han acumulado suficiente poder para camuflarse.

—Parecido a lo de Kalida —dijo Evangeline con el ceño fruncido—. Ella enmascara su aura debido a Grant, un Nefilim. Pero él no es lo suficientemente fuerte para camuflar tantos demonios.

Ashmedai sacudió la cabeza.

—Kalida es un fantasma. Aunque veo la obvia conexión, es muy poco probable que esté involucrada.

—Tiene razón —Trudy examinó algunos papeles (que parecía ser más mapas y documentos de vigilancia), sobre un escritorio cercano para después coger una borrosa fotografía y entregársela a Evangeline—. Esa es la última imagen que tenemos de ella en el registro. Tiene más de setecientos años infernales de antigüedad y fue tomada en la Tierra.

Evangeline examinó la fotografía con el ceño fruncido.

—¿Así que simplemente dejasteis de buscarla?

Trudy estrechó sus ojos color avellana.

—Hemos tenido asuntos más importantes, en caso de que no lo hayas notado.

—Lo cual entonces es un sí. Habéis ignorado vuestro vínculo más obvio —Evangeline soltó la fotografía con una sacudida de cabeza—. Esos portales de la otra noche fueron creados por la misma magia que Geier y Kalida usaron en la Tierra, solo que más fuerte. Eso no puede ser una coincidencia.

—Geier está muerto —informó Ashmedai—. Y Kalida está demasiado débil para estar detrás de todo esto.

Alcé una ceja.

—¿Está muerto? —Lo último que supe era que el antiguo Señor Demoníaco estaba vivo y bajo custodia.

—Tru —dijo Ashmedai con un perverso destello en sus ojos mientras la miraba.

—Me cabreó —murmuró ella—. Así que lo apuñalé con una cuchilla de plata.

—Después de cortarle la cabeza —añadió Ashmedai—. Fue glorioso, Xai. Lo habrías disfrutado.

Por más que deseara estar en desacuerdo, no podía.

—Realmente has madurado —Evangeline se maravilló y el orgullo surcó su mirada—. Lamento haberme perdido de tanto y que haya tenido que suceder aquí. Siento como os hubiera fallado.

Trudy sonrió; la primera señal de su juventud.

—Nunca te he culpado, Eve. O a Xai.

—Fijaos que no soy parte de esa lista —musitó Ashmedai.

—Sabes exactamente por qué no estás en esa lista —replicó

y su sonrisa se desvaneció en una mirada amenazadora teñida de adoración.

Definitivamente eran pareja.

Yo no tenía ni idea de cómo había sucedido, pero tenía que ser una tremenda historia.

—¿Cuánto tiempo hace que sabes que ella es la hija de Scion? —Le pregunté a Ashmedai.

—Desde el momento en que leí por primera vez su expediente. No había ningún otro linaje apropiado para la protegida favorita de la Muerte —con sus nudillos le rozó el brazo a Trudy—. Me sorprende que no te dieras cuenta cuando ella pronunció la advertencia en el Cielo. ¿Quién más podría poseer tal previsión estratégica sino la Hija de la Guerra?

—Por eso tu madre nos envió aquí primero —Evangeline se puso a mi lado, con sus alas rozando las mías—. Para consultar con Trudy.

—Es Tru —la ex Nefilim sonó tanto divertida como irritada—. No me hago llamar Trudy desde hace mucho tiempo y estoy bastante segura de que ya os corregí a ambos en varias ocasiones.

Evangeline le lanzó una triste sonrisa.

—Para nosotros seguirás siendo Trudy por un rato más. Hace apenas algunos meses, o quizás años, eras una niña pequeña. Honestamente mi concepto del tiempo está hecho un lío en este momento.

Al igual que el mío. Pero una misión permanecía clara.

—En cuanto al tiempo, se nos está acabando lentamente en caso de que tengamos alguna esperanza de atrapar a Kalida —dije.

Evangeline se enderezó y sus hombros se tensaron.

—Sí. El Arcángel del Destino nos dio una ubicación, pero quería que nos detuviéramos aquí primero.

—¿Sabéis dónde se esconde Kalida? —Trudy sonaba intrigada mientras que Ashmedai parecía harto.

Era curioso cómo él había empezado todo esto y ahora ya no le importaba más. *Algunos pueden pensar que tú lo orquestaste para capturar a Trudy.*

Los labios de Ashmedai se movieron.

—El destino trabaja de maneras misteriosas, ¿no lo creéis?

Ambas mujeres lo miraron, confundidas, mientras yo estrechaba mi mirada.

—Todavía le debes a Evangeline una herida, Ashmedai. No creas que ya lo he olvidado.

—Por supuesto —parecía demasiado divertido para un hombre a punto de ser apuñalado—. ¿Pero puedo sugerir que encontremos a Kalida primero? A menos que me quieras fuera de servicio por la pelea, ¿lo quieres?

Evangeline se nos quedó mirando boquiabierta.

—¿De qué estáis hablando?

—Ash accedió a dejarte apuñalarlo sin represalias —explicó Trudy en voz baja—. Cuando estabas desaparecida, quiero decir.

Sus cejas se alzaron.

—¿Por qué?

—Porque Xai lo requería —dijo Ashmedai con una sonrisa—. Me culpó de que Kalida te llevara.

Evangeline pareció considerar aquello y su mirada se oscureció.

—En realidad, sí, desde el principio tú fuiste el que quería que la encontráramos —su atención se centró en mí y luego nuevamente en él—. Espera...

Trudy agarró el brazo de Evangeline.

—Vale, antes de adentrarnos en "todo es culpa de Ash", que por cierto me encanta, ¿podrías darme la ubicación de Kalida para que pueda empezar a planear?

Evangeline sacudió la cabeza, aturdida y claramente dividida entre prioridades: encontrar a Kalida o apuñalar a Ashmedai. Su necesidad de venganza ganó al final, cuando señaló el mapa.

—El reino de Alastor. Es todo lo que sabemos.

—¿Alastor? —Ashmedai y Trudy preguntaron de inmediato.

—Eso es imposible —añadió el Archidemonio—. Él nunca lo permitiría.

—A menos que no lo sepa —Trudy se dio golpecitos en el mentón—. Él tiene uno de los últimos portales de la Tierra. ¿Podría haberse escabullido sin ser detectada?

—¿Eso es lo que tú harías? —Replicó él.

E inmediatamente reconocí lo que se encontraba haciendo: presionando a su pareja a pensar por sí misma, concediéndole independencia y fuerza con un sutil empujón.

Aprobé aquello a regañadientes ya que a menudo realizaba la misma táctica con Evangeline. Ella no necesitaba mi confirmación, solo mi apoyo y mi ocasional e improvisado insulto para animarla a demostrar que yo estaba equivocado. Yo prefería el desafío, al igual que ella, por lo que frecuentemente me hacía lo mismo.

—Sí —Trudy señaló una entrada—. Aquí. Pero la verdadera pregunta es, ¿por qué se aventuraría en el reino de Alastor cuando podía esconderse en tantas otras áreas del Infierno donde no tenía posibilidades de ser detectada?

—Porque Alastor es el Archidemonio de la Peste con un portal directo a la Tierra —susurró Evangeline y su rostro comenzó a palidecer—. Tomar el control de su reino le daría a los que están en el poder la clave para destruir la Tierra.

—Por eso su reino es el más fuertemente vigilado ahora mismo —dijo Ashmedai, frunciendo el ceño—. Él está listo para ese ataque.

—A menos que no pueda ver la amenaza que se avecina —replicó Evangeline—. En cualquier caso, tenemos que ir al reino de Alastor. Ahora.

—Ashmedai no puede —dijo Trudy, agarrando su muñeca—. Su reino requiere su presencia para la defensa. Pero yo puedo ir con vosotros.

Él gruñó en tono bajo, negándose.

—De ninguna manera.

Ella lo miró fijamente, imperturbable por la energía posesiva exudando de él.

—Tenemos un acuerdo, Ash.

Él le mantuvo la mirada durante un largo momento; una especie de intercambio silencioso de voluntades entre ellos. Luego la agarró y la besó con tal ferocidad que casi me hizo sonreír. Me recordó a mí mismo con Evangeline. Y la chispa en sus ojos cuando me miró dijo que ella sentía lo mismo. Estrujé su mano y ella me devolvió el gesto.

Trudy se separó de Ashmedai con su pecho subiendo y bajando por el esfuerzo físico.

—No. Hagas. Eso.

Ashmedai simplemente sonrió.

—Me encanta cuando me regañas, princesa.

Gruñó con irritación y se pasó los dedos por el pelo antes de alisarse la ropa.

—Deberíamos irnos. Encontraré a un Morador del Portal —dijo.

Bien. Eso me ayudaría a ahorrar energía, y sí, sospechaba que sería necesaria.

Capítulo Quince

¡FELICIDADES! ¡ACABAS DE SER ASCENDIDO A MI LISTA DE MATAR EN CUANTO TE VEA!

La Falta de nubes azules en el reino de Alastor fue un agradable cambio, pero pudo haber sido mejor sin tanto calor.

—Es como estar dentro de un horno —murmuré.

Xai resopló.

—Verano en el Infierno.

—Prefiero el invierno.

En el Inframundo. En fin.

—Lo mismo digo.

Sus alas tocaron las mías, algo que había hecho constantemente desde que las mías habían vuelto. Le devolví la caricia, feliz a su lado mientras esperábamos que Alastor nos recibiera. Trudy había llamado con anticipación, diciendo que tenía un conocido en la corte de Alastor.

Todavía no podía entender que ella viviera en el Infierno y aparentemente como la pareja de Ashmedai. Todos los Archidemonios sobrevivientes habían conseguido algún tipo de vínculo celestial, e incluso algunos de los Arcángeles se habían vinculado con miembros del Infierno.

¿Cómo todo pudo cambiar tanto en tan poco tiempo? Sabía que habían pasado unos cuantos miles de años en el

128 LEXI C. FOSS

inframundo, pero en la Tierra solo había sido aproximadamente una década y en el Cielo ni siquiera dos semanas. Que todo esto se desmoronara parecía imposible. Inventado. *Planeado.*

—Ellos os recibirán ahora —intervino una voz femenina debajo de una túnica color azul oscuro.

—¿*Ellos?* —Repetí.

Xai se encogió de hombros.

—¿Quizás Alastor ahora tiene pareja?

—Oh, no llames así a Lucía a menos que quieras hacerla enfadar —advirtió Trudy, marcando el camino—. Ella y Alastor no se llevan bien.

—¿Lucía, de... la Divinidad? —Preguntó Xai, sonando tan asombrado como yo me sentía.

—La mismísima —Trudy debió haber pasado por alto nuestras expresiones escandalizadas porque siguió al subordinado de túnica azul sin decir ni una palabra más.

—Todo está desequilibrado —susurré.

—O se está volviendo a equilibrar —musitó Xai. Su palma estaba contra mi espalda baja—. Merecíamos un cambio.

Cierto. Habían pasado varios milenios desde que el Cielo y el Infierno habían experimentado un reajuste. La Tierra había estado en el centro con la creación de la Divinidad, la cual parecía haberse disuelto.

Mis cejas se alzaron al encontrar a Alastor y Lucía sentados en tronos dobles, vistiendo atuendos de noche como si se encontraran en alguna gala de lujo. El traje de Alastor —y su silla sin respaldo—, estaban especialmente diseñados para acomodar sus alas marrones oscuras.

Lucía, siendo hija de un Arcángel y un Archidemonio, nunca tuvo alas; una consecuencia de algún tipo cuando sus padres desafiaron el equilibrio al crearla. Pero aunque carecía de alas, ciertamente poseía poder, y este brillaba en sus ojos multicolores.

—Hijo del Caos, Hija de la Muerte —saludó formalmente ella—. ¿Estáis aquí por el disturbio?

Alastor resopló y su hermoso rostro se retorció con molestia.

—Acabas de enviar la llamada, Lucía. Ni siquiera el Cielo trabaja tan rápido.

—Hablas de cosas que no entiendes —replicó, con su voz pendiendo de un hilo—. Hijo del Caos es también Hijo del Destino, y supongo que su madre lo envió. ¿O me equivoco? —Sus misteriosos ojos se dirigieron a Xai, buscando una confirmación.

—Si el disturbio del que hablas fue una violación del perímetro, entonces sí —respondió con suavidad.

—Excelente —ella miró a Alastor, completamente imperturbable por sus perfectos pómulos, cincelada mandíbula y atractivos rasgos. Quiero decir, yo prefería Xai, pero aún así podía admitir que el Archidemonio era hermoso. Todos lo eran —. Como ya he dicho antes —murmuró—, el Cielo es superior en todos los sentidos.

—¿Veis con lo que me veo obligado a vivir a diario? —Preguntó él, dirigiéndose a ella con un perezoso movimiento de su mano—. Ella es imposible. Por favor, llevadla con vosotros.

Lucía frunció los labios y volvió su atención en nosotros.

—Por cada cien años en el Infierno, se me permite una hora en el Cielo. Podéis pensar que mi defensa de su reino y la protección de su gente sería digna de gratitud, pero en cambio, estoy atrapada cuidando a un Archidemonio que prefiere comportarse como un niño.

Alastor se rió.

—No hay nada de infantil en mí, cariño.

Ella levantó la mirada. Claramente se le estaba acabando la paciencia.

—El disturbio que buscáis está a dos cuadras al norte —recitó de un tirón algunos detalles, incluyendo una dirección que solo los del Infierno entenderían—. Llevad algunos custodios con vosotros. Ella está supurando malicia.

—No se requieren custodios —Alastor se puso de pie y se abrochó el único botón de su saco color gris oscuro—. Los acompañaré.

—No seas ridículo. Te quedarás aquí y dejarás que ellos manejen la situación —el tono de Lucía no dejó lugar a ninguna discusión, pero a Alastor no pareció importarle. En todo caso, parecía divertido ante la posibilidad de desafiarla.

—Encontrar y matar a un demonio canalla con ellos suena mucho más emocionante que otro momento en su compañía, *Su Alteza* —se burló con una reverencia y con un giro sarcástico de sus palabras y se unió a nuestro grupo.

Trudy se mantuvo todo el tiempo al margen con una sonrisa de satisfacción, claramente acostumbrada a las bromas entre Alastor y Lucía.

Mi expresión probablemente tenía un toque de perplejidad, porque vaya. Quienquiera que hubiese orquestado este arreglo claramente odiaba a una o ambas partes involucradas. Lucía y Alastor no podían ser más diferentes en sus temperamentos y personalidades.

—Bien —respondió Lucía—. Me vendría bien un poco de paz y tranquilidad.

—Oh, confía en mí, cariño, a mi también —le agitó la mano y comenzó a liderar el camino.

—Gracias por hacer la llamada —le dijo Xai a Lucía con la cabeza inclinada en ligera reverencia—. Nos encargaremos de ello.

—De nada —respondió con esa forma tan apropiada—. Y siéntete libre de matar a Alastor en el proceso. Por accidente, por supuesto.

—He escuchado eso —dijo el Archidemonio desde la salida.

—Esa es la intención —sus labios se curvaron triunfalmente —. Solo intento prolongar el silencio, *cariño*.

—Y te he dado varias ideas de cómo hacerlo. Tal vez deberías considerarlas mientras estoy fuera.

Color carmesí ascendió por su cuello mientras estrechaba la mirada.

—*Nunca*.

—Me encanta cuando mientes —respondió, guiñando el ojo —. ¿Vamos? —Nos preguntó al resto de nosotros, con su mano ya sobre la perilla de la puerta—. Estoy ansioso por matar algo.

—Sí —dije—. Yo también.

Sonrió.

—Hija de la Muerte, te doy mi aprobación.

La palma de la mano de Xai se tensó contra mi espalda baja. El resto de su comportamiento estaba tranquilo.

—¿Acaso has mencionado que guiarías el camino? —Intervino con una pequeña pizca de celos en su tono.

Alastor se rió.

—Posesivo, como deberías serlo. Y sí, seguidme —sus alas marrones oscuras tocaban el suelo mientras caminaba, lo que indicaba que, a pesar de su elegante vestimenta, prefería los ambientes informales.

—Hasta luego, Lucía —dijo Trudy por encima de su hombro—. Me pondré en contacto para almorzar pronto.

—Por favor. ¡Me vendría bien un descanso!

Trudy se rió mientras me seguía, cerrando la puerta de la recámara tras nosotros.

—¿Sois amigas? —Pregunté, sorprendida.

—Algo, sí. Nos vinculamos por frustrar Archidemonios —murmuró con una sonrisa en su voz.

Alastor se mofó ante eso. Su molestia era palpable.

—Estoy considerando esto como unas vacaciones. No se hablará de la Divinidad ni de esa cosa que vive en mi palacio, ¿sí?

—Unas vacaciones —musité—. Sangrientas.

—Y mira, sabía que me agradabas —me guiñó el ojo por

encima del hombro, lo que provocó un leve gruñido de Xai—. Es un coqueteo inocente, Hijo del Caos. Prometido.

—Intenta no coquetear —respondió sombríamente.

Alastor se encogió de hombros.

—Está claro que no sabes nada de mí —abrió la salida lateral donde esperaba una horda de demonios camuflados en azul, quienes alardeaban del sello de Alastor.

—Ella nos verá llegar —murmuré bajo, sobre todo a Xai.

—Tengo una idea para eso —respondió Trudy en voz baja—. ¿Alastor? —Preguntó, alzando la voz.

—¿Sí, cariño? —Preguntó, volviéndose hacia ella con una pícara sonrisa cuya intención era despojar a las mujeres de su sentido común—. ¿Cómo puedo ayudarte?

Ella, al igual que Lucía, parecía imperturbable, probablemente porque Ashmedai usaba las mismas tácticas.

—Me gustaría hablar de la estrategia. Tenemos la ubicación de Kalida, pero tenemos que actuar astutamente, ya que tiene una tendencia a escapar.

Se apoyó contra la puerta.

—Soy todo oídos.

La emoción iluminó su expresión mientras se sumergía en un plan de ataque que era impresionante, detallado y que me posicionaba exactamente donde quería estar: como la destinada para matar a Kalida.

—Parecía justo, después de todo —añadió Trudy después de señalar esa parte.

—Estoy de acuerdo —murmuró Xai mientras su pulgar recorría la parte superior de mis jeans sobre la base de mi columna vertebral—. Pero yo estaré con ella.

Trudy asintió con la cabeza y continuó con dos planes de reserva en caso de que el original no funcionara, y finalmente buscó la aprobación de Alastor. Él simplemente se encogió de hombros.

—Normalmente prefiero una muerte más lenta que

implique una patología, pero me conformaré con una sangrienta.

—Puedes infectar a Grant con algo —comenté—. ¿Como un regalo por tu asistencia?

Sonrió.

—¿Y lo mirarías?

—Sí —mi alma requería la venganza asociada a la muerte del Nefilim. Y si fuera dolorosa, mucho mejor.

—Entonces es una cita —le sonrió a mi ángel oscuro, quien tenía el ceño fruncido—. Eres bienvenido a acompañarnos. No me importa.

Xai no respondió, simplemente deslizó la palma de su mano hacia abajo para acariciar mi trasero y acercarme a él. Puse mi cabeza contra él, correspondiendo a la muestra de pertenencia.

Trudy se aclaró la garganta.

—Sugiero que nos vayamos antes de que perdamos nuestra oportunidad.

La idea de que Kalida escapando envió fuego a través de mis venas, calentándome hasta la médula con la necesidad de buscar venganza. Su oscuro espíritu había contaminado las vidas de otros, incluyendo la mía, y por eso ella moriría. Era necesario hacer justicia.

—Ve —susurró Xai—. Voy detrás.

No respondí. Mis pies ya se encontraban moviéndose hacia mi objetivo y mi alma anhelaba una venganza. Ser la Hija de la Muerte no significaba que disfrutara matar. Significaba que tenía la responsabilidad de juzgar a aquellos que habían hecho daño a otros, y Kalida estaba en lo más alto de mi lista.

Ya es hora.

Sí.

Su sentencia debe ser cumplida.

Sí.

Encuéntrala. Encuéntrala ahora.

Sí.

Corrí hacia la dirección que Lucía había descrito, asegurándome con cada paso dado que yo había localizado a mi objetivo. Mis sentidos se desplegaron, buscando su aura y finalmente no encontrando nada.

Grant.

El castigo es necesario.

Ya lo sé.

Los pies de Xai permanecían en silencio detrás de mí, pero sentía su presencia como una marca contra mi corazón. *Era mío en todos los sentidos.* Apenas y notaba que me encontraba en el Infierno, mi cuerpo se sentía con más vida y fuerza; realmente no recordaba nada parecido. No había dolor ni debilidades, solamente un sólido poder y una energía floreciendo dentro de mí.

Ya fuera por mi vínculo con Xai o por algo más. La verdad es que no lo sabía. Y justo ahora no tuve tiempo de ponerme a reflexionar.

El edificio de cuatro metros que Lucía había detallado ahora yacía frente a mí. No era nada fuera de lo común. Simplemente se trataba de una casa estándar de dos pisos con revestimiento de estuco y un brillante techo negro. Me elevé en el aire con un movimiento de mis alas y aterricé tranquilamente sobre la casa, tal y como lo habíamos decidido. Xai cayó a mi lado, con sus gloriosas alas mezclándose con nuestro entorno mientras mantenía la mirada alerta.

Escuché atentamente en busca señales de vida, de una conversación, cualquier cosa que indicara que Kalida aún estaba dentro.

Nada.

Me arrastré hacia adelante, mirando hacia el balcón del segundo piso donde las cortinas eran agitadas por el viento, lo que sugería que alguien había dejado la puerta corrediza abierta.

Demasiado fácil.

Una trampa.

Xai pareció coincidir mientras su cabeza negaba.

Los demás a nuestro alrededor estaban tomando sus posiciones: Trudy subiendo al tejado de la casa de enfrente mientras sostenía una pistola de la que por cierto no me había percatado. Alastor se había elevado a los cielos con tres de sus miembros de la Guardia Real, fingiendo encontrarse allí para un vuelo vespertino. Y dos Custodios más se habían posicionado en lugares similares al de Trudy. Todos se estaban preparando para emboscar a Kalida y a quienquiera que le estuviera haciendo compañía.

Consideré la escena, nuestros refuerzos, las armas que llevábamos, y sonreí.

Ya, en serio. ¿Por qué molestarnos con un ataque sorpresa cuando claramente teníamos a la puta en desventaja numérica?

Podríamos divertirnos un poco.

Xai arqueó una ceja. *¿Qué tienes en mente, amor?* Pareció preguntar.

Sonreí y asentí con la cabeza. *Sígueme.* Me bajé de un salto del edificio y aterricé en la calle cubierta de arena.

La casa no tenía un evidente punto de acceso aparte de las ventanas altas, ventanas que sospechaba que no estaban tan abiertas como parecían. Después de todo estábamos en el Infierno.

¿Dónde está la puerta? Me pregunté, examinando cada detalle del exterior marrón. Los diferentes patrones grabados en el revestimiento fluían perfectamente entre sí, excepto por una mancha en la esquina.

Hice un gesto con los ojos y Xai sonrió. *En marcha.*

Trudy había sugerido una emboscada y aunque yo lo había aprobado, no necesitaba los refuerzos. La Muerte anhelaba venganza y yo cumpliría.

Me moví con cuidado por el suelo, consciente de las posibles trampas. Un diminuto trozo de roca deforme colocado en el suelo medio metro antes de la entrada casi me hizo reír.

Una bomba sónica, le dije a Xai con mi mirada.

Parecía tan poco impresionado como yo.

En serio, Kalida podía hacerlo mejor. Era casi como si quisiera ser descubierta. Y a menos que tuviera un arma preparada allí dentro con la mira en alto, no tenía ninguna posibilidad.

Examiné el patrón de la pared, buscando el gatillo. *Te he pillado.* Con mis dedos comencé una cuenta regresiva. Al llegar al número uno, palmeé una cuchilla y pateé el punto tan fuerte como pude.

La entrada se formó, succionándome dentro junto con Xai pisándome los talones. El movimiento me noqueó el tiempo suficiente para que alguien allí en la sala de estar se levantara de golpe y gritara. Se trataba de un hombre, no de una mujer, pero no me importó. Mi cuchilla aterrizó certeramente en su cabeza, terminando con sus gritos.

Pisé dentro mientras otra arma ya se encontraba deslizándose en dirección a mi mano. Alguien comenzó a bajar las escaleras y se congeló al verme en la entrada. Sus ojos no poseían brillo, tenía el pelo negro y un rostro con cicatrices.

Kalida.

Sonreí.

—Cariño, estoy en casa.

Ella se lanzó hacia adelante mientras levantaba el brazo con pistola en mano.

No titubeé; mi cuchilla ya se encontraba atravesando el aire en dirección a su muñeca. La fuerza de la misma la hizo retroceder y luego le perforó el hueso para clavarla en el suelo.

—Hermoso —alabó Xai. La satisfacción era evidente en su tono.

—Un juego de niños —respondí. Pero realmente fue un lanzamiento espectacular, especialmente por la forma en que mantuvo retenido a mi objetivo. Kalida podía liberarse con un tirón de la cuchilla, pero el mango de plata pura lo volvía particularmente difícil para un demonio.

—¿Me has echado de menos? —Pregunté tenebrosamente.

Gruñó, con su mano libre yendo al bolsillo de sus jeans.

Resoplé, palmeé otra cuchilla y la dirigí hacia su hombro, cortándole eficazmente los tendones.

Gritó en agonía y alguna palabra demoníaca se deslizó fuera de sus labios.

—Lo siento —ladeé la cabeza—. ¿Te ha dolido?

Una réplica entre gorjeos fue mi respuesta.

Mis labios se movieron.

—Bien.

—Corazón —Xai sacó su espada, con la empuñadura por delante—. ¿Puedes usarla?

Le amartillé una ceja

—¿En serio?

—Compláceme.

Suspiré, aceptando su arma de gran tamaño.

—Solo porque te quiero.

La anticipación se arremolinó en sus iris negros.

—Entonces hazlo sangriento.

Claro que podría hacer *eso*.

Con pasos ligeros me acerqué a su cuerpo acorralado. Mi alma cantaba la necesidad de justicia.

—Aunque me encantaría saber más sobre tu relación con Grant y cómo lo has usado para ocultarte, tu muerte es más importante, Kalida.

Ni de coña iba a prolongar más esto y darle una oportunidad de escapar.

No otra vez.

Y a la mierda hacer preguntas.

A la mierda todo.

Solo la quería muerta.

Empujé su mentón con el borde filoso de la espada, necesitando ver sus ojos.

—Gracias, Kalida —murmuré—. Por intentar quebrarme — e arrodillé a su lado, sosteniendo su horrorizada mirada—. Gracias a ti nunca he sido más fuerte.

Gritó de nuevo, escupiendo incoherencias demoníacas mientras su expresión se transformaba en la agonía de la traición. ¿Realmente esperaba que Grant fuera lo suficientemente fuerte para salvarla? Ni de puta casualidad.

Ya es hora.

Me dolía el alma, rogándome que terminara esto, que *ahora mismo* librara al universo de la oscura existencia de Kalida, deseando el fin de sus crueles intenciones.

Kalida había hecho suficiente.

Necesitaba desaparecer.

—Adiós, Kalida —susurré. El punto letal se cernía sobre su corazón mientras yo estaba de pie—. Que descanses en el Infierno eterno.

Apliqué más presión de la necesaria, forzando la espada a atravesar su corazón y a terminar en el suelo debajo de ella. Un agudo aliento tembló fuera de sus labios mientras su cuerpo procesaba la plata presente en su corazón y la bombeaba a través de sus venas.

Xai no dijo nada mientras yo veía su vida marchitarse.

No hizo nada mientras sus ojos se tornaban blancos.

Pero sí sonrió cuando sus restos se convirtieron en cenizas.

Su espíritu se elevó y esa embriagante energía se volvió hacia mí y se unió al Alma de la Muerte, justo como todos los que habían llegado antes que ella. Cerré los ojos, dándole la bienvenida a su nuevo hogar, transformando en un instante su negatividad en positividad y sintiendo a la paz instalándose en la atmósfera que nos rodeaba.

Se ha ido.

Destruida.

Limpiada.

Su sentencia cumplida.

—Necesitabas que fuera rápido —murmuró Xai, con sus movimientos susurrando a mi alrededor.

Asentí.

—Los demás se decepcionarán, pero me alegro de que esté hecho, aun cuando merecía un destino mucho más cruel —dijo. El tintineo de metal indicaba que había cogido nuestras armas.

—Justicia —me las arreglé para susurrar con los ojos todavía cerrados mientras mi alma continuaba procesando la muerte de Kalida—. Se ha hecho justicia.

Un lento aplauso resonó desde arriba, seguido por el chirriar de las escaleras mientras un ser que no había visto en años descendía lentamente, con fría y envejecida mirada.

Dariel.

El Arcángel de la Ocultación.

Capítulo Dieciséis

HORA DE QUE EL CAOS SALGA A JUGAR

—El Arcángel del Destino siempre disfrutó de ver a Evangeline entrometerse —murmuró Dariel al llegar al último escalón—. No es que me importe. Hacía ya mucho tiempo que Kalida había llegado al final de su utilidad, pero Grant insistió en conservarla.

Me acerqué a Evangeline. Su cuerpo estaba tenso por la sorpresa.

—Dariel —la saludé tajantemente.

—Xai —replicó. Su voz no tenía emoción alguna.

—Cuando Ashmedai sugirió que podrías ser el patriarca de Grant, dije que te sentirías ofendido por la insinuación. Fascinante que él tuviera razón.

En aquel momento no había pensado mucho en ello. Ahora me daba cuenta de mi error.

—Es bueno ponerle rostro al orquestador de esta locura, pero tú no trabajas solo.

—No lo hago —aceptó. Sus labios se contrajeron—. ¿Quizás deberías pedirle a tu madre más nombres? Oh, pero solo si ella sobrevive.

Mi ceja se alzó.

—¿Es una amenaza?

—Más bien una señal de los acontecimientos actuales —sus alas se dilataron para mezclarse con la textura marrón que lo rodeaba. No muchos poseían la habilidad de cambiar su apariencia, pero como era el Arcángel de la Ocultación, claro que podía hacerlo. En todos los sentidos—. ¿Ves? Sabía que ella te enviaría aquí —continuó—. En realidad lo garanticé.

Un sentimiento inquietante se agitó dentro de mí; un mal presentimiento.

Que tengas un buen viaje, pero vuelve pronto. Te necesitamos.

¿Qué había visto mi madre entretejiéndose en esos caminos?

—Lo sientes, ¿verdad? —Dariel dio un último paso, aterrizando en el suelo frente a nosotros con una firmeza que sacudió mi ser—. El Cielo se está cayendo. Esos portales antes eran solo una prueba de fuerza y sirvieron para debilitar a los más fuertes de nuestra especie. Ahora no tienen ninguna posibilidad, no con sus fuerzas divididas.

Porque no eres el único que ha elegido este camino. El pensamiento provino de ese extraño lugar dentro de mí que recién había despertado. *Hay más traidores en el Cielo.*

—¿Por qué elegir este camino, Dariel? —Pregunté, más por curiosidad que por miedo.

Mi instinto me dijo que aquí era donde tenía que estar, y confié en él.

—¿No estás aburrido de la división pacífica? ¿No sería más divertido administrar nuestros propios territorios en la Tierra? ¿Obtener nuestros propios sujetos mortales? ¿Por qué los demonios son los únicos a los que se les permite tener toda la diversión?

Lo miré fijamente.

—¿Crees que relacionarse con humanos es divertido?

Se encogió de hombros.

—Mueren tan a menudo que tendré un suministro

constante de nuevos juguetes. Dime, ¿qué hay de desagradable en ello?

La demencia en cuanto a la edad, me percaté. Dariel había enloquecido con el tiempo. Ocurría —no muy a menudo—, cuando los más antiguos entre nosotros olvidaban sus valores fundamentales, prefiriendo pasatiempos más letales.

—Has perdido la puta cabeza —dijo Evangeline. Su cuerpo estaba tenso por la necesidad de contraatacar— Sin el equilibrio, el Cielo será destruido.

Sus labios se curvaron.

—Lo sé.

—No le importa —incliné mi cabeza, mirándolo—. Quiere que el Cielo caiga, cambiando así la Tierra para la eternidad. ¿Pero qué hay del Infierno?

—¿Qué pasa con él? —Preguntó mientras miraba con desdén a su alrededor—. Ya se está desmoronando por el desequilibrio. Es un reino inferior. Deja que se destruya a sí mismo.

—Los demonios se moverán a la Tierra —el tono de Evangeline sugería su impaciencia ante la conversación, y la cuchilla que giraba entre sus dedos confirmaba su propuesta de solución.

Pero una cuchilla no acabaría con Dariel.

Solo un Arcángel de igual o mayor fuerza podría destruirlo, pero muchos seres serían destruidos en el proceso, incluyendo —potencialmente—, a ella.

Y por eso no reaccioné, simplemente me quedé con los pies apoyados firmemente en el suelo, listo para protegerla en caso de ser necesario. Salvo eso, no me enfrentaría al Arcángel claramente demente frente a mí. Primero necesitaba un mejor plan.

—No si todos los portales y los Moradores del Portal son destruidos —respondió Dariel animadamente—. ¿Por qué crees que estoy aquí, Evangeline?

—¿Porque estás loco y anhelas la muerte? —Sugirió dulcemente.

—Por el portal de Alastor —respondí antes de que pudiera responder a su sarcasmo—. Estás aquí para destruirlo.

El portal servía como la entrada principal entre el Infierno y la Tierra, la cual se encontraba fuertemente custodiada en ambos lados. A los demonios con autorización apropiada se les concedía el paso. Además era el único portal existente que el Cielo permitía que permaneciera abierto en todo momento.

Por supuesto que Dariel deseaba destruir el puente. Solamente fracturaría aún más el delicado equilibrio .entre nuestros mundos.

Me miró con renovado interés.

—Siempre pensé que eras más inteligente que Mietek y nunca entendí por qué te relegaba para proteger a la humanidad cuando claramente naciste con un propósito mucho más grande —sonaba impresionado; una emoción que no compartíamos—. Si me preguntan, me parece una tontería. Serías un buen Arcángel, Xai. Únete a nosotros y te garantizaré un reino en la Tierra.

Me rasqué la mandíbula como si me encontrara considerando su demente oferta. Desde un punto de vista práctico, entendía su propuesta. Con mi experiencia, edad y fuerza, mantener un territorio estaría dentro de mi campo de habilidad y derecho de nacimiento.

—Nunca me han importado mucho los humanos —reflexioné en voz alta. No era una mentira, sino un hecho. La única razón por la que toleraba a la humanidad era por Evangeline.

Ella me fulminó agudamente con la mirada.

—No te atrevas.

—Es una propuesta razonable —puntualicé sin emoción.

Su mirada se estrechó. La desaprobación irradiaba de ella.

—No puedes hablar en serio.

No lo hacía, y si ella no lo sabía a estas alturas, teníamos un grave problema. Confiando en que entendía mis motivos mejor de lo que su expresión mostraba, la ignoré y me encontré con la mirada de Dariel.

—Mi padre me puso en la Tierra porque sabía que yo era más fuerte que él —no era una mentira, solo que no expliqué el porqué—. No es mi nivel favorito en absoluto, pero ser dueño de un pequeño territorio puede volverlo más agradable —me di golpecitos en el mentón y me encogí de hombros—. Digamos que estoy interesado. ¿Qué necesitarías de mí a cambio?

Evangeline me agarró del brazo, clavándome sus uñas en la carne.

—No puedes hablar en serio, joder.

Le lancé una mirada paciente.

—Silencio, mi reina, los Arcángeles están hablando.

Gruñó mientras Dariel se reía.

—Sí, Evangeline, silencio —dije.

Se necesitó todo gramo de control para no golpear al imbécil por hablarle a Evangeline de esa manera. En realidad yo no había hablado en serio. Pero él sí.

Ladeé una ceja, impaciente.

—¿Qué necesitarías de mí, Dariel? —Repetí.

—Tu ayuda para destruir los portales, por ejemplo.

—¿No puedes encargarte de esa tarea por tu cuenta? —Pregunté, fingiendo sorpresa—. Asumí que eras el que creaba las entradas entre el Infierno y el Cielo —una falsa declaración con la intención de tentar a la verdad. *¿Quién te está ayudando, Dariel?* Me pregunté.

—Es un esfuerzo de grupo —respondió vagamente—. Pero tú y yo sabemos que el ritual requiere seres de ambos lados.

Asentí, entendiendo.

—Necesitas que me ponga de tu lado y te ayude con los cantos antiguos —lo que provocó otra pregunta fascinante—. ¿Quién aceptó inicialmente ayudar con la tarea?

—Yo —respondió una voz femenina desde arriba.

—Estás de broma —respiró Evangeline conmocionada, abriendo la boca mientras Lucía bajaba las escaleras—. Tu propósito en la vida es mantener el equilibrio.

—¿Lo es? —Preguntó ella, deteniéndose junto a Dariel para apoyar su oscura cabeza en su hombro—. Soy parte de la Divinidad asignada en el inframundo. ¿Qué tan equilibrado es eso?

—Vas a destruir todo lo que hemos trabajado tan duro para crear —argumentó Evangeline. Su amor por la humanidad estaba tomando el control—. ¿Cuántas vidas inocentes se perderán?

—¿Cómo sobrevives a esto? —Me preguntó Dariel, agitando una mano sobre Evangeline.

Amándola.

—No sin esfuerzo —respondí rotundamente—. Pero eso contradice el objetivo de nuestro encuentro, y como estamos rodeados, sugiero que nos enfoquemos en lo que importa. ¿Por qué necesitas que te ayude con el portal cuando tienes a Lucía?

—Aunque le he enseñado los cantos, no es tan poderosa como el hijo de dos Arcángeles.

—Significa que ya lo intentaste y fallaste —traduje. Esa extraña parte de mí se encontraba brillando más, analizando la situación—. Así que orquestas esta escena y haces que Lucía te envíe una advertencia que sabías que mi madre prevería.

Emoción bailaba en sus ojos multicolores, dándole un brillo maníaco que confirmaba su falta de cordura.

—Sabía que eras el candidato adecuado para esto, Xai.

Me perturbó que se sintiera tan seguro de esa suposición. ¿Qué tipo de energía yo había emitido que pudiera convencer a alguien sobre que estaría dispuesto a destruir el Cielo?

Aún así, aquello me dio una ventaja. Necesitaba a Dariel lejos de todas esas vidas y él me había proporcionado la oportunidad perfecta.

—Acepto —la palabra llegó fácilmente, así como el encogimiento de hombros que le siguió.

Evangeline jadeó a mi lado y sus ojos azules se llenaron de furia mientras me fulminaba con la mirada. Mantuve su mirada con desinterés.

—Vamos, amor, seguramente estás viendo que esta es la mejor manera.

—Sabes que no lo hago —el dolor en su expresión me hizo cuestionar este juego. ¿Realmente me creía capaz de tal horror? No. No, ella me *conocía*. Nuestras almas estaban unidas por la eternidad. Ella tenía que ver a través de esto, tenía que entender...

Una punzada aguda en mi pecho determinó mi voluntad.

El Cielo se está Cayendo.

Podía *sentirlo*.

Vuelve pronto. Te necesitamos.

Las palabras proféticas de mi madre validaron mi decisión.

—Lucía, ¿te importaría hacerle compañía a Evangeline mientras Dariel y yo terminamos esto?

La asesina letal a mi lado giró sus cuchillas, con su postura encontrándose lista para el combate.

—Buena suerte con eso.

Suspiré, realmente irritado por la idea de que ella no tuviera ninguna fe en mí. Después de todo lo que habíamos pasado, ella tenía que ver a través de ello.

Por favor no me rompas el corazón ahora...

—Evangeline... —cogí su cuchilla con una mano (por el extremo afilado), y su muñeca con la otra. Luego la giré contra la pared, dejé caer su cuchilla y le cubrí la boca con mi ensangrentada palma cuando empezó a gruñir. Mis muslos fijaron los suyos contra la pared mientras mi antebrazo se clavaba en su garganta—. Sé una buena chica y hazle compañía a Lucía mientras trabajo con Dariel. Podemos continuar esta conversación después de que los portales sean destruidos.

Desafío y odio irradiaban de ella, causando que mi alma se marchitara dentro de mí.

No confiaba en mí.

¿Cuántas veces tendría que explicarle...?

La lengua de Evangeline recorrió ligeramente la herida que su cuchilla le había hecho a mi palma y luego tragó. Deliberadamente.

Sus ojos mostraron odio, dando un espectáculo a todos los que nos rodeaban, pero por dentro, mi pareja estaba lista.

—Puedo ver que no te portarás bien mientras no estoy —dije, sonando decepcionado—. Realmente no me has dejado otra opción, amor.

Mi antebrazo se tensó contra su garganta, asfixiándola.

Forcejeó, con sus uñas arañando mi piel mientras continuaba lamiendo mi palma con consuelo.

Me dolió físicamente hacerle esto, especialmente cuando sus ojos se llenaron de lágrimas furiosas.

—Me perdonarás después —susurré, quitando mi palma para besarla justo antes de que sus piernas cedieran. Aflojé mi agarre lo suficiente para permitirle una pizca de aire y exhalé suavemente contra su boca. Luego la dejé caer al suelo, colapsando sobre sus alas violetas, mi color favorito.

—Te sugiero que la ates —le dije a Lucía—. Y deberíamos irnos. Alastor no va a hacer esto fácil.

—En realidad, ya se han encargado de él —respondió Dariel mirando afectuosamente a Lucía—. Ella es realmente brillante.

Fingí estar impresionado.

—Tendrás que explicar eso.

—En otra ocasión —hizo un ademán hacia la puerta todavía abierta—. Lidera el camino, Hijo del Caos.

—Con gusto —respondí, hablando en serio.

Atravesé el umbral y me dirigí al cielo con un potente movimiento de alas. La mayoría requería de un arranque en carrera o comenzar desde un borde más elevado. Pero incluso después de milenios sin mis alas, podía despegar desde el reposo.

Una medida de fuerza y fortaleza, mi padre siempre decía. Dariel se elevó con la misma facilidad y su color cambió de inmediato, haciendo juego con su entorno; un camaleón por naturaleza. Examiné sus patrones de energía y medí sus movimientos, preparándome para lo inevitable. Los portales siempre se situaban fuera de las zonas pobladas ya que eso permitía una mejor regulación y control. Solo necesitaba guiarlo lo suficientemente cerca para empujarlo.

Sutilmente estiré mis músculos mientras volábamos mientras mi mente cambiaba a través de varias estrategias y métodos.

Nunca había luchado contra un Arcángel. No realmente. Requeriría acceder a mis recursos más profundos, encontrar todo lo que mi derecho de nacimiento me había regalado y usarlo contra él.

Para destruir a Dariel, necesitaba disminuir su luz y agotar sus reservas de energía. Una idea surgió en mi mente, transformándose en un plan con múltiples caminos y avenidas, todos con resultados similares.

Destino...

Escuché mientras volaba, observando cada detalle y movimiento, viendo cada resultado potencial.

Sí.

Esto podría funcionar.

Solo tenía que hacerlo bien.

El portal brillaba en la distancia y sus campos magnéticos me atraían a su fuente de energía. Mientras el camino elegido se desplegaba ante mí, cerré los ojos y respiré hondo.

Ahora.

Capítulo Diecisiete

REALMENTE YA NO SÉ DE QUÉ LADO ESTOY

Cinco Minutos Antes...

TEN CUIDADO, SUSURRÓ MI ALMA.

Xai no respondió. Pero no era como si esperara que lo hiciera.

La puerta se cerró tras él con tal firmeza que envió una descarga de miedo a través de mi corazón.

En cuanto Xai accedió a escuchar el alegato de locura de Dariel; porque, en realidad, eso era, supe su intención.

Tenía la intención de luchar, y para hacerlo, necesitaba a Dariel tan lejos de la ciudad como pudiera. Porque los Arcángeles eran destructivos.

Y por mucho que quisiera unirme a Xai para acabar con ese loco bastardo, sabía que mi compañía sólo lo distraería. Su linaje dictó esto como su deber, mientras que el mío me concedió una tarea diferente.

Lucía.

¿Por qué todos los seres antiguos estaban locos? Sí, vivir por la eternidad causaba aburrimiento, ¿pero cómo era que una guerra resolvería eso? Si querían morir todo lo que tenían que hacer era preguntar.

Hija de la Muerte presentándose al deber.

¿Quién va primero? Lucía.

¿Arma de elección? Cuchilla arrojadiza.

¿Lugar? Preferentemente-

—Antes de que entres en modo de ataque sorpresa; que no será para nada una sorpresa porque ya conozco tu plan, por favor, escúchame —las palabras de Lucía interrumpieron mi jugada a jugada mental, ocasionando que frunciera el ceño—. Solo... puedes sentarte y sostener una cuchilla si te hace sentir mejor, pero te ruego que me dejes explicarte.

No había oído a nadie más entrar en la casa, así que claramente me estaba hablando a mí. No obstante, sus palabras no tenían sentido.

—Realmente no trabajo con Dariel —continuó—. Y puedo probarlo si me das cinco minutos.

Bien, ahora tenía mi atención. Levanté mi cabeza y me encontré con su mirada paciente. Típicamente, este era el momento en el que buscaba la maldad en su esencia, pero ella no se mostró, ni siquiera dio un respingo.

No se requiere hacer justicia, susurró mi alma letal.

Bueno, eso era nuevo. La miré con ojos entrecerrados. Ella afirmó que podía probar su inocencia.

—¿Probarlo cómo? —Exigí.

—Alastor.

Mis cejas se alzaron.

—¿El Archidemonio del que supuestamente te ocupaste?

Se mojó los labios y asintió con la cabeza.

—Dariel cree que lo envenené con plata. Alastor montó un espectáculo al colapsar de las nubes justo después de que tú cruzaras la puerta y de esa manera impedí que Dariel se fuera. Después de ver caer a Alastor, se sintió más seguro de su capacidad para enfrentarse a Xai, en caso de que hubiera rechazado la oferta —pasó sus dedos a través de sus largos mechones mientras sus hombros se mostraban encorvados—. He estado jugando de su lado durante más de cien años mientras se lo reporto todo a Alastor. Él confirmará esto. Lo prometo.

Su promesa no significó mucho para mí, especialmente después de...

Los vellos a lo largo de mi brazo se movieron mientras la electricidad zumbaba a través del aire.

Está empezando...

Me puse en pie de un salto con el corazón acelerado.

Xai.

Una explosión sonó en la distancia.

—No perdió el tiempo —dijo Lucía mientras las comisuras de sus labios se alzaban cautelosamente—. Espero que destruya a Dariel.

La ignoré. Mi alma se encontraba buscando a su otra mitad, encontrándolo progresando.

Él está bien.

Las sacudidas agitaron el suelo y el edificio que nos rodeaba gruñó por el inesperado impacto.

Dos Arcángeles.

Luchando en el Infierno.

El equilibrio de nuestros mundos se está fracturando.

Mi estómago se revolvió. *¿Cómo ha llegado a esto?*

Otro impacto terminó en gritos y chillidos demoníacos, enviando un escalofrío a través de mi columna vertebral.

Pero el sustento de Xai latía a un ritmo constante con el mío.

Todavía está vivo.

La puerta se abrió de golpe y Alastor cubrió la entrada con sus oscuras alas y su salvaje mirada salvaje mientras buscaba a Lucía. Ella corrió hacia sus brazos extendidos, impactando su rostro contra su cuello mientras él la sostenía con una ternura que me conmocionó.

Pero esa sorpresa duró poco, ya que Trudy entró por detrás de ellos con expresión molesta:

—Alguien tiene que subir y ayudarle.

—Bien —respondió Alastor, con sus labios contra la frente de Lucía—. ¿Te encuentras bien?

Ella asintió y su garganta comenzó a trabajar:

—Terminar con él es solo el principio.

—Lo sé, cariño —la besó en la sien, abrazándola—. Pero tenemos que empezar por algo —sus ojos color chocolate se elevaron hacia los míos—. Quédate aquí.

Le fruncí el ceño.

—Yo no le reporto.

Arrogancia y superioridad enderezaron su columna vertebral mientras sus anchos hombros comenzaron a mirarse más anchos e intimidantes dentro de su elegante traje.

—Tienes que proteger a todos los que están aquí abajo y Xai no puede concentrarse si estás ahí arriba. Si...

—Lo sé —escupí, molesta de que él estuviera desperdiciando tiempo valioso—. Deja de decir obviedades, sube y ayúdalo a terminar con ese imbécil.

Hubo respeto reflejado en su mirada mientras me daba una inclinación de cabeza.

—Si algo le pasa a Lucía, te mataré —dio un paso atrás y se elevó sin siquiera saltar.

Resoplé.

—Sigue soñando, Archidemonio.

—¿Desde cuándo tú y Alastor sois pareja? —Trudy exigió.

Lucía realmente se ruborizó y las comisuras de sus labios se alzaron.

—Es algo reciente, pero...

—¿En serio? ¿De eso es de lo que queréis hablar justo ahora? —Sacudí la cabeza y cogí mis cuchillas.

Primero lo primero, es decir, el cuerpo en la sala.

Antes de que Trudy pudiera reaccionar, le quité la espada de su cintura y caminé alrededor de la mesa de centro en dirección al inerte cuerpo de Grant.

—Que descanses en el Infierno —gruñí, lanzando la espada a través del aire para decapitarlo.

Rápido.

Breve.

Y facilísimo.

Su alma negra, casi viscosa en textura, se deslizó a través del aire y lentamente se unió al resto que arrastraba conmigo: los casos de Muerte.

Tragué saliva, cerrando mis ojos solo por un momento mientras calmaba la oscuridad, transformándola en luz y dándole la bienvenida por la eternidad.

Justicia servida.

Sí.

Cuando finalmente abrí los ojos, Trudy y Lucía me miraban cautelosamente.

—¿Qué?

—Nada, tú simplemente... —Trudy no terminó la frase.

—Te has quedado espeluznantemente callada con una sonrisa —terminó Lucía—. Como si disfrutaras matándolo.

—Soy la Hija de la Muerte —limpié la espada contra la pierna de Grant para después girarla sobre la palma de mi mano y entregársela a Trudy con la empuñadura por delante—. Vas a necesitar eso.

Su frente se arrugó.

—¿Lo haré?

—Oh, sí.

—¿Por qué?

—Porque vamos al Cielo a matar a algunos intrusos —no esperé a que me respondieran, solo crucé la puerta y entré al aire sofocante. Necesitábamos encontrar uno de esos portales o a un ser lo suficientemente fuerte para llevarnos arriba.

Un rayo impactó contra el cielo, enviando una sacudida a través de mi corazón.

Una mirada hacia arriba mostró a Xai cayendo hacia atrás con sus alas negras girando a su alrededor mientras empezaba a caer.

Me paralicé y mis labios se separaron en un grito ahogado. *¡No te atrevas! ¡Vuelve a levantarte y lucha contra él!*

Otro rayo desde una fuente indetectable surcó el cielo, impactando contra las alas de Xai. Llamas estallaron a su alrededor mientras sus alas ardían frente a mis ojos.

Empecé a correr sin pensar. Mis alas se encendieron y me llevaron al cielo.

Un destello de luz negra explotó fuera de Xai y mi corazón se quebró al verlo.

¡No!

Volé más rápido, con mis hombros protestando. Necesitaba atraparlo, salvarlo...

Otra explosión sacudió las nubes y el firmamento se oscureció bajo las oscuras sombras.

¿Qué es eso? ¿El cielo fracturándose?

La oscuridad envolvió las tierras y cubrió el sol, tragándonos a todos en un negro abismo.

Hice una pausa en medio del vuelo, los opacos alrededores hacían imposible ver.

No puedo atraparte... Mis costillas se quebraron bajo la presión y un sollozo se abrió paso desde mi garganta. *¡Xai!*

Estoy bien, amor, susurró.

Un trueno retumbó entre las nubes, seguido de un estallido de calor y sonido. El viento me envió hacia abajo, forzándome a aterrizar mientras arena y escombros se levantaban a mi alrededor.

No puedo ver nada.

Lo sé, respondió. *Tampoco Dariel.*

Otro trueno sacudió el suelo, enviándome sobre mi trasero. Un rayo iluminó la parte superior; era la única luz en kilómetros, y luego un ensordecedor estruendo resonó.

El sol atravesó el cielo teñido de color negro, irradiando calor y enfatizando un precioso cielo azul carente de ángeles.

Parpadeé. *¿Xai?*

No hubo respuesta.

Me obligué a ponerme de pie y giré en círculos, buscando.

Nada.

Corrí, salté y me elevé.

Varios edificios fueron destruidos por los rayos y el clima errático había esparcido la arena por toda la ciudad, pero Xai y Dariel no se veían por ninguna parte.

El portal en la distancia todavía florecía.

Nada más había cambiado considerablemente.

¿Dónde estás? Pregunté.

Si me escuchó, no respondió.

Me apresuré a volver con Trudy y Lucía y las encontré esperándome con un agitado Alastor.

—¿En dónde están?

Él sacudió la cabeza.

—No lo sé.

—¿Qué quieres decir con que no lo sabes?

No habló, solo volvió a sacudir la cabeza.

Abrí la boca para exigirle que se esforzara más, pero mi voz me falló mientras un dolor, diferente a todo lo que yo conocía, me desgarraba por dentro. Las rodillas colapsaron, haciéndome caer al suelo con un grito inaudible.

Xai.

Su espíritu.

Sentí que él me desgarraba por la mitad, arrancando mi ser, mi esencia, mi *alma.*

Lágrimas se paralizaron en mis ojos, demasiado conmocionadas para caer.

Nuestro vínculo... se estaba... quebrando.

Mi nombre fue dicho por aquellos que me rodeaban, con pánico llenando sus voces.

Xai...

No podía hacerme esto.

No.

No.

¡No!

Me hice un ovillo, mis entrañas se agitaron y mi corazón se desintegró.

Irrevocablemente roto.

Destruido.

La mitad de mí acababa de... morir.

La mejor mitad.

La única mitad que había importado.

Mi Xai...

Confié en que volverías a mí.

Confié en que nunca me dejarías.

Prometiste seguirme.

No puedes dejarme ahora.

¿Cómo pudiste hacerme esto?

¿Cómo pudiste?

Mi otra mitad. Mi compañero. Mi único amor.

Te odiaré para siempre por esto.

Y nunca te dejaré de querer.

¡No me hagas esto!

¡No te atrevas a hacerme esto!

Pero era demasiado tarde.

No importaba lo que dijera.

Porque ya se había ido.

—No puedo sentirlo... —no le susurré a nadie más que a mí misma—. Él... se ha ido.

Capítulo Dieciocho

LOS DEMONIOS SOMBRA SUCCIONAN ALMAS

Varios minutos antes...

ME METÍ Y RODÉ A TRAVÉS DEL HÚMEDO AIRE CON MIS ALAS crepitando por el rayo que Dariel me había lanzado.

El bastardo tenía una buena puntería.

Necesitaba un nuevo plan. La afinidad de Alastor por la patología era inútil contra un Arcángel, de modo que lo único que me quedaba era la fuerza de un solo guerrero.

No. Necesitaba algo catastrófico.

Otra descarga todavía más caliente golpeó mi costado, incitando las llamas a mi alrededor. Todo ardía, mis alas, mi piel; mi ser estaba siendo destruido bajo las brasas ardientes.

Él va a ganar, me di cuenta. Dariel era más fuerte, más rápido; un milenario como mis padres, y de alguna manera había aprovechado los campos de energía de este nivel. Debía estar sufriendo como un ser del Cielo, pero el Arcángel del Ocultamiento definitivamente se estaba enriqueciendo.

¡No! El grito de Evangeline atravesó mis pensamientos. Su

preocupación era palpable. *Me está viendo fallar.* Fruncí el ceño ante el pensamiento. Había confiado en mí para encargarme de esto, su expectativa era que yo le pusiera fin. Porque debía ser capaz de hacerlo. Sí, Dariel había encontrado una forma de enriquecerse aquí abajo, pero el caos *reinaba* en el Infierno.

Cerré los ojos y me volví hacia adentro, ignorando el dolor, mi caída libre y todo lo demás a mi alrededor.

Muéstrame, exigí. *Muéstrame qué es lo que estoy pasando por alto.*

El Arcángel dentro de mí —al que mantenía controlado—, floreció en mi mente, en un mar de oscuridad que me impulsó a jugar.

Caos.

Destino.

Se entrelazan.

Sonreí. *Sí.*

Esa parte extraña de mí fue enriquecida, revelando un camino que comprendí. El futuro, el pasado, el presente, todo se entrelazaba en un destino que no tenía más remedio que aceptar.

Mis ojos se abrieron de par en par.

El mundo se había vuelto tan oscuro como mi mente, pero podía ver. Mis alas ya no ardían, mi ser ya estaba curado.

Ya es hora.

Lo sé.

Dariel giraba en círculos más arriba, su histeria era un hermoso espectáculo. Me consideraba derrotado, como el bebé Arcángel que nunca había realmente logrado su propósito.

Hasta ahora.

No puedo atraparte... Los pensamientos ahogados de Evangeline me hicieron pausar; su terror se encontraba desesperado por una respuesta. *¡Xai!*

Estoy bien, amor, susurré, enviándole vibraciones calmantes mientras flotaba silenciosamente hacia mi objetivo en las nubes.

Solo había un lugar al que podía llevar a Dariel donde seguramente moriría. Pero tenía que acercarme lo suficiente para pillarlo desprevenido.

Me arrastré más alto. Su ansiedad irradiaba de él en forma de chispas mientras intentaba inútilmente mezclarse con el humo negro. Las comisuras de mis labios se alzaron con anticipación.

A solo unos metros de distancia...

Se dio la vuelta, sintiéndome, y creó una ola de energía en rotación que giró a través del aire, creando un rayo en el cielo a nuestro alrededor.

Pero lo había enviado hacia la dirección equivocada.

No puedo ver nada. Evangeline sonaba muy frustrada.

Lo sé, le respondí. *Tampoco Dariel.*

Envolví mi brazo alrededor de su cuello y le di un tirón. Su columna vertebral se quebró con un crujido, dejándolo temporalmente paralizado, pero muy consciente.

—Hola, Dariel —murmuré. Mi regalo de teletransportación ya está activado.

Un mapa del inframundo se reveló ante mis ojos, respondiéndole a mi oscuridad y permitiéndome deambular libremente.

—Tengo un regalo para ti —le dije en voz baja mientras navegábamos hacia el último lugar que yo quería volver a visitar —. Lo vas a odiar.

El pánico de Evangeline me atravesó el corazón, causando que dudara solo por un breve momento.

No, yo iba a estar bien. Ella tenía que saberlo. Pero no podía arriesgarme a que estuviera aquí conmigo. No después de lo sucedido la última vez.

Mi alma se marchitó y lloró mientras mi mente se concentraba en nuestro precioso vínculo y bloqueaba enérgicamente su sustento. Era la mejor manera de protegerla. Ella lo entendería. Eso esperaba.

Al perderla, inmediatamente se formó un dolor en mi corazón y mi espíritu angelical la lloró como si hubiera muerto. Lágrimas me adornaron los ojos y mis entrañas se sintieron vacías sin su presencia, y lo acepté. Lo requería. Me alimenté de ello.

Estoy vacío.

El reino de las Sombras se reveló ante mí, con los ralos halos de humo ya apresurándose para recibir a su nuevo alimento. Excepto que no era de mí de quien querían darse un festín, sino del emotivo Arcángel en mis brazos.

En todo momento había estado consciente, con sus ojos llenos de confusión.

—Pensaste que tenía la intención de llevarte a casa para hacer justicia —murmuré con una sonrisa—. Oh, no. No es así como yo juego —lo dejé caer sobre los campos.

Sus labios se abrieron con un grito que no embelleció la atmósfera.

Su cuerpo convulsionó cuando los seres de este nivel se lanzaron sobre él con tales ansias que habrían aterrorizado a algunas de las criaturas más hostiles del inframundo.

Una de las figuras en forma de sombra me miró con interés y yo le levanté una ceja.

—Anda, inténtalo.

El demonio en realidad retrocedió.

Sonreí con suficiencia.

—No lo creo.

Lo que fuera que hubiera hecho en el reino de Alastor se había claramente quedado conmigo, concediéndome el dominio sobre este horroroso nivel. Pero aquello ciertamente sirvió para un propósito razonable.

Dariel no tenía ninguna posibilidad, su luz se marchitaba con cada segundo que pasaba. La manera de Evangeline de haber sobrevivido más de un par de minutos aquí seguía siendo un misterio. Era una evidencia de su fuerza y resistencia.

Mi estómago se revolvió al pensar en ella, en cómo debía sentirse, pero no tenía elección. No traería ninguna parte de ella aquí. Ya había sufrido bastante. Ahora era mi turno.

—¿Tus últimas palabras? —Le pregunté a Dariel, percatándome de su incapacidad para hablar—. Hmm, no, supongo que no.

Sus pómulos sobresalían a través de su piel mientras los demonios de las Sombras succionaban los restos de su vida a través de su piel. Se trataba de un espectáculo espantoso del que me negué a apartar la mirada. Empezó a marchitarse y los últimos vestigios de su alma desaparecieron en el abismo gris.

—Como diría Evangeline, 'Que descanses en el Infierno' —sonreí ante las palabras, encontrándolas increíblemente apropiadas mientras el Arcángel se desintegraba en cenizas. Los demonios de las Sombras refunfuñaron decepcionados—. Es bueno saber que podéis ser útiles —murmuré—. Pero si alguna vez tocáis nuevamente a mi Evangeline, volaré hasta aquí y destruiré a cada uno de vosotros.

Algunos de ellos dieron un paso atrás, recibiendo claramente mi mensaje.

—Excelente —me paré y estiré mis extremidades doloridas —. Hasta la próxima —concentré mi energía en volver a encontrar el reino de Alastor, necesitando a mi Evangeline. Solo habían pasado unos minutos, pero se sentía como una eternidad sin ella.

Nuestro vínculo brilló.

Crepitó.

Y luego murió.

Mi frente se arrugó. Eso no se suponía que pasara. Aunque supongo que tampoco lo otro, apartarla.

Lo volví a intentar. Su sustento apenas era un susurro en mi mente.

Tanto dolor...

Me quemó por dentro, sofocando mi alma.

¡Evangeline!

Algo había sucedido. Algo catastrófico. Podía sentirla hecha pedazos allí justo fuera de mi alcance, rechazando mi llamado.

¿Dónde estás? Pregunté. La fácil conexión que teníamos antes ya no existía. Su esencia era un abismo encantado que ahora mismo se encontraba negándome la entrada.

Irrumpí en el reino de Alastor desde el cielo, con mis ojos surcando el área.

El lugar donde la había sentido por última vez estaba vacío. ¿Había volado de vuelta hacia los otros?

¿Alguien nuevamente se la había llevado?

Al pensarlo, fuego quemó mis venas. Quemaría este mundo intentando encontrarla.

Y justo aquí había prometido nunca abandonarla.

Podía defenderse sola, yo lo sabía y confiaba en ello, pero ¿y si la habían pillado desprevenida otra vez?

—¡Evangeline! —Grité. Mi voz se elevó sobre el viento y bramó a través del reino. Todo y todos parecían estar todavía debajo de mí. Me llevó un momento darme cuenta del porqué: yo nuevamente había empezado a ennegrecer el cielo.

Ese rasgo único era tanto una bendición como una maldición.

Alastor apareció en el cielo, con sus alas marrones un poco rojizas por el sol. Empezó a acercarse a mí, pero yo lo encontré a medio camino.

—¿Dónde está ella?

—En el suelo —respondió, como si eso lo explicara todo—. ¿Cómo cojones hiciste eso?

—¿Dónde, Alastor? —No estaba de humor para el "juego de las preguntas". Quería a mi compañera.

Él suspiró dramáticamente.

—Ya nadie emplea las habilidades de conversación comunes. Es todo trabajo y nada de diversión —se giró y su camino nos condujo hacia su palacio—. ¿Puedo asumir que Dariel está muerto?

—Bastante —respondí, al menos contándole ese detalle.

—Muy bien. Claro que ahora no sabemos con quién estaba trabajando.

—El tiempo nos lo dirá —murmuró la parte oscura de mí.

—Pero qué misterioso —declaró seriamente giraba bruscamente.

Las alas púrpuras de Evangeline estaban esparcidas por el suelo y su todo cuerpo estaba hecho un ovillo entre Lucía y Trudy. Aterricé detrás de ellas. Mi furia era palpable.

—No la toquéis.

Ambas mujeres saltaron hacia atrás con expresiones de asombro. Miré a Lucía con repugnancia y alcé una ceja cuando Alastor aterrizó frente a ella.

—Tócala y tendremos problemas, Arcángel.

No me importó lo suficiente como para preguntar. Si Evangeline había dejado vivir a la mujer, tenía que haber una buena razón.

Ella no se movió ni me reconoció, y sus alas se encontraban marchitándose frente a mis ojos.

—¿Qué pasó? —Gruñí, necesitando saber a quién debía matar.

—Tú, eh, moriste —respondió Trudy lentamente.

—¿Me veo muerto para ti? —Alcé una ceja.

—No, pero ella pensó... —Se detuvo o quizás continuó; no estaba seguro porque dejé de escuchar.

Evangeline pensó que había muerto.

Mi corazón dio un vuelco y mi alma aún anhelaba que su compañera lo reconociera.

Oh, cariño...

Me arrodillé a su lado, llevándola hacia mis brazos. Permaneció quieta, con su rostro pálido y su cuerpo débil.

Separarme de ella, incluso brevemente, le había succionado

la fuerza de voluntad. Mi fuerte y feroz asesina estaba rota por mi culpa.

Toqué mi frente con la suya.

—Lo siento mucho, amor. No podía llevarme ninguna parte de ti conmigo. No después de lo que pasó.

Si me escuchó, no lo reconoció.

Suspiré, levantando la mirada hacia Alastor.

—¿Nos necesitas para algo más?

Sus oscuras cejas se levantaron.

—Te has aventurado en mi reino, Arcángel. No por mi invitación, debo añadir. ¿Así que has terminado de luchar contra Arcángeles en mi reino?

Consideré todos los caminos de su pregunta, cada una de las posibilidades que acabaría siendo, y suspiré.

—Probablemente no, pero por sí que he acabado.

Todavía había otros a quienes capturar; individuos sin nombre y sin rostro que necesitaban pagar por el desequilibrio. Dariel había insinuado que ya se encontraban en el Cielo causando estragos mientras nosotros trabajábamos, pero yo sabía que eso era una mentira. Sí, algo había cambiado, pero mi reino aún estaba a salvo. Nada ni nadie había Caído.

—Nos verás de nuevo, y pronto —le dije—. Un nuevo poder surge en tu reino, Alastor. Te deseo suerte, ya que la necesitarás —las palabras salieron de manera espontánea y yo no estaba seguro de que suponían, pero tenía que decirlas.

Me estoy convirtiendo en mi madre, gruñí.

Y por la mirada en el rostro de Alastor, por supuesto que no estaba complacido por ellas.

—Lleva tus profecías de vuelta al Cielo, Arcángel. Prefiero vivir el momento.

Sonreí con suficiencia.

—Lo mismo digo —sostuve a Evangeline cerca e incliné la cabeza en señal de despedida antes de iniciar nuestro ascenso.

Capítulo Diecinueve

INTRODUCCIÓN A LOS CONSEJOS DE PAREJA: EL PERDÓN ES IMPORTANTE

CUANDO REGRESAMOS, LA NOCHE HABÍA CAÍDO SOBRE EL Cielo y la luna brillaba maravillosamente sobre nuestro campo favorito.

De la manera en que yo lo percibía, las paredes estaban bien. Algo se había movido antes, causando las sensaciones que experimentamos en el Infierno, pero eso no me importaba ahora. La mujer en mis brazos tenía mi completa y total atención.

—Evangeline —susurré, dejándola en el suelo debajo de mí. Sus alas se habían fundido en cenizas, floreciendo nuevamente en el momento en que entramos. Ahora sus exquisitas alas púrpuras brillaban bajo la luz de la luna—. Abre los ojos.

Sacudió la cabeza, tan terca como siempre.

Pasé mis labios por su mandíbula, su cuello y a lo largo de su clavícula.

—Por favor —susurré—. Necesito ver tus ojos, amor.

Gimió en respuesta; un sonido fracturado que nunca más quería volver a oír salir de ella.

—Todavía crees que estoy muerto —ya habíamos jugado este juego una vez, pero se sentía como si hubiera sido décadas atrás en años terrestres—. Abre los ojos —repetí con más fuerza.

Sus pestañas se sacudieron y sus labios temblaron.

—Te prometo que te gustará lo que verás —añadí un poco de arrogancia con la esperanza de convencerla, pero eso solo pareció aumentar su temblor—. ¿Dónde está mi guerrera? ¿Por qué te escondes?

—Moriste —Una palabra rota que dolió al escucharla.

Permanecí de rodillas, a horcajadas sobre sus caderas y acunando su rostro con las palmas de mis manos.

—No, corté temporalmente nuestro enlace para protegerte del reino de las Sombras.

Su frente se arrugó, con el entendimiento finalmente abriéndose paso hacia sus hermosos rasgos.

—¿Tú qué?

—No lo diré de nuevo.

Me escuchó la primera vez.

Sus iris color zafiro aparecieron, con el fuego ardiendo en lo más profundo de ellos.

—¿Tú qué? —Oh, prefería esto en lugar de la tristeza. Al fuego.

Furia.

Una pelea.

—¿Por qué harías eso? —Su voz tomó fuerza—. ¿Me cortaste?

—Para protegerte, amor —con mi pulgar recorrí su mejilla enrojecida—. Después de lo que te hicieron la última vez, no quería que te volvieran a tocar.

—¿Así que cortaste nuestro vínculo? —Se empujó contra mis hombros con mucha más fuerza de la que esperaba, tumbándome hacia un lado. Le agarré las caderas y la tiré sobre mí antes de que pudiera escapar, causando que sus pechos volvieran a tocar mi pecho.

—Sí —respondí suavemente—. Quería mantenerte a salvo.

—¡Pensé que habías muerto! —Espetó, con la palma de su mano casi rompiéndome la cara.

Le agarré las muñecas y la hice rodar debajo de mí una vez más.

Extendiendo sus brazos sobre su cabeza con una mano, usé la otra para rodear su garganta.

—Estoy aquí, Evangeline, y muy vivo.

—Y muy imbécil.

Me encogí de hombros.

—Un hecho que nunca cambiará.

—Creí que habías muerto, Xai —repitió con ojos empañados—. ¿Tienes idea de cómo se sintió eso?

—Sí —susurré, aflojando mi agarre en sus manos—. Me sentí vacío dentro sin ti, y sigo así todavía ya que no me has permitido restablecer el vínculo.

Por un momento no dijo nada. Sus pestañas cayeron.

—Tal vez ya no te lo mereces —las palabras fueron tan suaves que casi no las oí.

—No lo dices en serio—dije, sentándome con mis piernas a horcajadas sobre sus muslos—. Retira eso.

No se encontró con mi mirada. No habló.

—Evangeline —susurré. Mi corazón nuevamente se estaba rompiendo—. Dime que no lo dices en serio.

—Me cortaste —respondió suavemente. Su labio inferior estaba temblando—. *Tú*, Xai. Yo no.

—Para protegerte —repetí una vez más—. ¿Qué querías que hiciera, Evangeline? ¿Mantener la conexión viva en un reino que casi te apartó de mí?

Sus ojos azules finalmente se encontraron con los míos y los sostuvieron con fiereza.

—Sobreviví en ese reino gracias a mi vínculo contigo. Por mi deseo de regresar a ti, Xai. ¿No lo ves? —Tristeza irradiaba de su mirada, destruyéndome de adentro hacia afuera.

—Remover ese vínculo, bloquearlo de cualquier manera,

nos debilita a ambos —continuó con voz suave—. Me diste la espalda en un momento en el que necesitaba saber que estabas vivo, en un momento en el que estaba tan aterrorizada porque tal vez jamás volvería a verte después de mirarte en llamas, y pensé que te habías ido para siempre. *Eso* me dañó más de lo que el Reino de las Sombras jamás podría, Xai.

Agonía irradiaba de ella, sirviendo como una señal de lo que yo había hecho al bloquearla.

—Nunca quise hacerte daño.

—Pero lo hiciste —susurró—. Más de lo que jamás creí posible —la determinación en su expresión casi me destruyó.

Ella no podía... No ahora. Ni nunca.

Dejé caer mi cabeza sobre su pecho mientras mi cuerpo temblaba sobre el suyo.

—No hagas esto, Evangeline. Por favor, no lo hagas —la agarré de los hombros, sosteniéndola como si pudiera mantenerla allí por la eternidad—. Pensé que te estaba protegiendo, pensé... no podía soportar la idea de que las Sombras te tocaran de nuevo. No después de casi perderte, después de encontrarte al borde de la muerte. Tienes que ver eso, tienes que entenderlo.

—Y tú tienes que ver por qué romper nuestro vínculo no fue la respuesta. Nos heriste más al alejarme, Xai. No puedes hacer eso. No puedes volver a hacerme eso nunca más —me agarró del pelo, forzándome a levantar la mirada—. ¿Me oyes? Confía en mí para defenderme a mí misma. Confía en ti para defenderme a mí también. Pero nunca me dejes fuera. Prefiero la muerte a la sensación de perderte.

Lágrimas caían por sus mejillas ante las palabras, coincidiendo con las lanzas que se encontraban hiriendo mi corazón.

—Actué por instinto. Protegerte siempre será mi objetivo principal.

Suspiró.

—No tienes ni idea de lo mucho que duele sentirte desaparecer.

—La tengo, amor. Lo sentí cuando estabas en los reinos de la Sombra —le mantuve la mirada, rogándole que entendiera—. No podría experimentar eso de nuevo.

—Pero lo hiciste al apartarme.

—Sí, pero sabía que estabas bien.

—¡Pero yo no! —Gritó—. No sabía que estabas bien, Xai. Pensé que te habías ido. Por y para siempre. Dejándome atrás para vivir una existencia solitaria, para nunca ser la misma. Sola. Muerta. Hubiera preferido la muerte a ese destino.

Joder. Después de todo lo que hemos pasado, *esto* fue lo que finalmente marcó un antes y un después en ella. Una parte de mí lo entendía. La había jodido por no comunicarme de nuevo, por no advertirle antes que iba a cortar nuestro vínculo. Pero la otra parte de mí no se arrepentía. Nunca más permitiría que esos seres oscuros se acercaran a ella.

—Lo siento, Evangeline —susurré—. Siento haberte asustado. Pero estoy aquí. Siempre lo estaré. No huyas de nosotros ahora, no después de todo, no por esto —le rogué con mis labios probando su piel y memorizando cada centímetro de su rostro—. No me alejes, por favor. Estás asustada y enfadada, y lo entiendo, pero no acabes con esto.

Temblaba bajo mí y lágrimas rodaban por sus mejillas.

—Te odio —supe que lo decía en serio—. Te quiero. Odio lo mucho que te quiero, joder —su mano se volvió un puño dentro de mi pelo mientras tiraba de él—. Duele, Xai. Todo duele.

—Porque estás luchando contra la verdad sobre nosotros. Estás privando a nuestras almas de su legítimo vínculo.

—Porque lo rompiste.

—Lo hice —admití—. Por una razón que he explicado. Tú eres la que nos está haciendo daño ahora.

Se estremeció y sus ojos se cerraron.

—Tengo miedo.

—De que cortaré los lazos de nuevo —dije, terminando su declaración.

—Sí. No —sacudió la cabeza—. Tengo miedo de que si te dejo entrar, descubriré que nada de esto es real y que solo se trata de mi mente jugándome una mala pasada otra vez. Que realmente hayas muerto y que si vuelvo a abrirme no estarás realmente allí.

—Estoy aquí, Evangeline.

—Lo sé, y sé que es ridículo, pero *moriste*, Xai.

—No lo hice. Estoy aquí.

Gimió, con la cabeza moviéndose de un lado a otro.

—Mi corazón no puede soportar eso.

—Tampoco el mío, amor. Déjame volver a entrar, déjame quererte, déjame arreglar esto.

—No puedes.

—Sí puedo —tomé su boca con un beso lleno de todos nuestros miles de años juntos. Los recuerdos, las peleas, el amor, la pasión caliente y desenfrenada. Lo desaté todo, obligándola a dejarme entrar, exigiéndole que volviera a confiar en mí, que viera por qué la había apartado, que entendiera mi profunda y eterna devoción por ella.

Ella era mi vida. Mi razón. Mi compañera.

—Te quiero —susurré—. Siento haberte hecho daño. No puedo prometer no volver a hacerlo porque ambos sabemos que eso es imposible. Me estás matando ahora y puede que lo hagas en el futuro, pero no te lo reprocharía, amor. Lucharé por ti. Lucharé por nosotros. Y necesito que tú también luches por nosotros.

Su aliento era pesado contra mis labios, sus mejillas estaban húmedas por tantas lágrimas y su cuerpo temblaba bajo el mío. La besé de nuevo, con menos fuerza y más amor y esperé que me correspondiera, pero una parte de mí moría con cada segundo que pasaba.

—Me estás castigando —susurré, dolido por su falta de

respuesta—. Lo siento, Evangeline. Dije que lo sentía. Por favor no me alejes. Te necesito. Siempre te he necesitado y siempre te necesitaré. Yo...

Su boca capturó la mía, silenciando mi súplica, y me desplomé contra ella, destruido. Perderla sería mi fin. Ella tenía que ver eso, tenía que saberlo.

Su lengua se abrió paso hacia mi boca, alimentando mi necesidad de poseerla, de reclamar a mi pareja.

—Evangeline —respiré.

Me besó de nuevo, más exigente esta vez, con sus uñas recorriendo mis brazos hasta mi estómago, hasta mi cintura. Sus dedos se movieron sobre mi cinturón, desabrochándolo a medida que avanzaba. Sus intenciones eran claras. Dejé que nos guiara, que nos poseyera, que nos rehiciera.

Mis palmas acunaron su rostro, aferrándome como si mi vida dependiera de ello, *necesitándola*.

—Evangeline —repetí. Mi aliento abandonó mis labios en forma de siseo mientras ella me liberaba la polla—. Te quiero.

No devolvió el afecto. Su boca volvió a silenciar la mía mientras desabrochaba su propia ropa, se quitaba los pantalones, después los míos y envolvía las piernas alrededor de mi cintura.

—Fóllame —exigió—. Duro, Xai. Lo necesito duro.

Presioné mi frente contra la suya, deslizándome dentro de su expectante calor.

—Si estás queriendo decir adiós, no lo permitiré —le dije, embistiendo fuertemente—. No puedes castigarme para siempre, Evangeline. No por hacer algo que ambos sabemos que está justificado.

Sus uñas marcaron mis costados y sus caderas se sacudían para encontrarse con las mías.

—*Moriste*, Xai.

—Estoy aquí, Evangeline —gruñí, penetrando duro para probarlo—. Déjame volver a entrar y te lo demostraré.

Se estremeció y sus labios se entreabrieron en un gemido. Sentí que su resistencia cedía, su cuerpo me daba la bienvenida a casa y su alma se regocijaba por tenerme tan cerca.

—Me amas —susurré.

—Te amo —aceptó—. Pero también te odio.

—Lo sé —aumenté mi ritmo, follándola tan duro, así como yo sabía que adoraba—. Esa parte nunca cambiará —era parte de lo que nos hacía hacer "clic", esa pasión ardiente, la ira, la furia, la tensión, la química explosiva y el entendimiento oscuro entre nuestras almas.

Gimió mientras movía mis caderas de una manera que yo sabía que le gustaba. Sus muslos se tensaron a mi alrededor.

—No puedo resistirme a ti —susurró, cerrando los ojos en éxtasis—. Nunca he sido capaz de hacerlo.

—Porque no quieres —le dije, dejando caer mis labios sobre su cuello para cortarle el pulso. *Déjame reavivar nuestro vínculo, amor*, mi alma susurró. Mis dientes rozaron su suave piel.

—Sí —siseó. O estaba de acuerdo con mi declaración hablada o con la petición en silencio que le había hecho contra su cuello. Realmente no lo sabía.

Así que la besé, recorriendo mis besos hasta su oreja.

—Déjame volver a entrar, amor. Déjame completarnos de nuevo.

La embestí profundamente, provocándole un hermoso sonido gutural. Quizás ella todavía no estaba de acuerdo conmigo, pero sí que había aprobado mis acciones.

—Puedes usarme todo lo que quieras, Evangeline, pero ambos sabemos quién ganará este juego —reduje la velocidad de mis movimientos como demostración, con mi pelvis apenas rozando su clítoris—. Ríndete antes de que te haga rogar, amor.

Se estremeció debajo de mí.

—Xai...

—Evangeline —respondí, con un profundo gruñido—. Deja de hacerme esperar o te devolveré el favor.

—Todavía no te he perdonado.

—Pero lo harás.

Suspiró, pasando sus dedos por mi pelo mientras tiraba de él para alejar mi rostro de su cuello. Sus ojos azules brillaban bajo la luz de la luna mientras su mirada sostenía la mía.

—Lo haré —aceptó en voz baja—. Pero si vuelves a hacerme eso, te mataré yo misma.

Las comisuras de mis labios se alzaron en una sonrisa.

—Eso me suena a seducción, querida.

—Lo digo en serio, Xai. Si me haces eso otra vez, te *mataré*.

—Ahora solo me estás excitando —bromeé.

Se impulsó hacia arriba.

—Ya estamos allí, idiota. Ahora tómame en serio.

—Siempre lo hago.

—Mentiroso —acusó, frunciendo el ceño.

—Nunca —susurré, tomando su boca en un beso para suavizar su ceño fruncido. Mi polla se deslizó profundamente dentro de ella, luego fuera, para después volver lentamente a su interior. No se trataba de nuestro movimiento habitual, pero me pareció bien apreciar a Evangeline—. Si alguna vez tengo que volver a hacerlo, te avisaré primero —le prometí. No podía prometer no hacerlo de nuevo porque me negaba a ponerla en peligro y ella tenía que entenderlo.

Me mordió el labio inferior como castigo, lo suficientemente fuerte como para hacerme sangrar, y luego limpió la herida con su lengua. Me estremecí por el contacto y por lo que suponía: *Aceptación*.

La mordí en respuesta, haciéndola sangrar y metiendo su esencia en mi boca.

Un trago de ese líquido inició el vínculo.

Otra lamida lo solidificó.

Mi corazón dio un vuelco y mi alma se regocijó ante la conexión reavivada; mi ser nuevamente volvía a estar completo.

El estremecimiento de Evangeline me dijo que ella también lo sentía, y su beso me dijo que lo aprobaba.

Le devolví la aceptación, la controlé y nos impulsé a través de ella.

Mía.

Mi espíritu requería que la reclamara completamente, y por la forma en que ella se encontraba conmigo movimiento a movimiento, sabía que su alma había accedido.

—Xai —jadeó. Mi nombre nunca sonó más dulce—. Ahora.

Me reí y mis labios nuevamente descendieron a su cuello.

—Siempre tan impaciente —murmuré, con mi mano deslizándose entre nosotros para encontrar ese dulce punto dulce ella anhelaba. Mi pulgar se deslizó provocadoramente sobre ella y se arqueó hacia mí mientras expulsaba un gemido que fue directo a mis testículos—. Me encanta ese sonido.

Lo hizo de nuevo, esta vez enfatizando una palabrota junto con mi nombre.

—Más —le exigí, necesitando que se perdiera en nuestra pasión.

Desencadené mi fuerza y mi cuerpo dominó el suyo en la forma que ambos adorábamos. Cogió lo que le di y lo devolvió a máxima velocidad. Nuestros cuerpos eran la combinación perfecta en todos los sentidos.

Otra embestida descendente hizo que sus paredes se agarraran a mi alrededor y que su cuerpo se paralizara con la agonía inicial de un orgasmo que le rasgó un grito fuera de la garganta. La penetré con fuerza, persiguiendo su orgasmo con uno de los míos. Mis músculos se tensaron por el esfuerzo y mi corazón se aceleró de éxtasis.

—Mío —gruñó, causando que las comisuras de mis labios se alzaran en una sonrisa. Esa era normalmente mi frase.

—Tuyo —coincidí con mis labios sobre los suyos—. Para la eternidad.

Capítulo Veinte

¿CUÁNTAS MUERTES SE REQUIEREN PARA GANARSE UNAS VACACIONES?

NO PODÍA ENCONTRAR MI ROPA, PERO AL MENOS tenía mis alas. Las cuales le daban un empujoncito a Xai mientras volábamos hacia su casa sobre el corazón de la ciudad.

Se rio.

—Pensé que todavía estabas enfadado conmigo.

—Lo estoy.

—¿Entonces por qué coqueteas, amor?

—Porque también quiero volver a follarte —respondí sinceramente.

Su mirada oscura atrapó la mía. Había un destello en sus profundidades.

—Mi insaciable Evangeline.

—Sí, vaya que es una gran dificultad para ti.

—Verdaderamente difícil —aceptó, sonriendo con suficiencia—. Pero sospecho que tendremos compañía cuando regresemos.

Fruncí el ceño.

—¿Quién?

—Mi madre —murmuró—. No estoy seguro de cómo lo sé, pero lo sé.

Consideré aquello mientras volábamos, pensando sobre el reino de Alastor.

—Has ennegrecido el cielo.

—Lo hice —giró en el cielo, con sus alas negras en una danza con sus movimientos—. Tú me inspiraste, Evangeline. Me di cuenta de que te estaba fallando y no podía permitirlo —miró hacia atrás y su oscuro pelo ondeaba a causa del viento provocado por su vuelo—. ¿Te asusta mi nueva habilidad?

—No —lo único que me asustaba era la idea de perderlo—. ¿A ti?

—Siempre he favorecido a la oscuridad, así que no —murmuró—. Se sintió... bien.

Aterrizamos en su balcón y nuestras manos de inmediato se encontraron mientras me tiraba hacia él. Sus alas, de mayor tamaño, giraban alrededor de nosotros y cubrían las mías con un abrazo angelical. Pensé que quería besarme hasta que dijo:

—Hola, mamá.

—Xai —respondió desde el interior—. Llegas tarde.

—Evangeline me distrajo.

Le pellizqué el costado, lo que causó que se riera y que su madre resoplara.

—Culpar a tu pareja por tus propias tonterías. ¿Qué clase de hijo he criado?

Uno enigmático, pensé mientras bufaba.

La mirada de Xai se estrechó y sus manos se movieron hacia mis caderas para acercarme.

—He escuchado eso.

Levanté una ceja. *¿Ah sí?*

—Sí —respondió, acariciando mi nariz. *Parece que nuestro vínculo se ha fortalecido,* añadió mentalmente. *Lo apruebo*—. ¿Cómo puedo llegar tarde, madre, cuando ambos sabemos que sabías cuándo anticipar mi llegada?

Yo no podía verla, pero la oí reírse.

—Touché —una suave agitación de alas indicó que ella se

estaba moviendo—. He venido a hablarte del desequilibrio, como seguramente lo has sentido.

—Dariel ha afirmado que era la reapertura de los portales.

Ella resopló.

—Ese imbécil no sabe nada. He estado observando sus elecciones durante siglos, así como todos los demás...

—¿Sabes quién más está involucrado? —Preguntó Xai, interrumpiéndola.

—Por supuesto. Veo todos sus destinos, hijo, y pronto tú también lo harás. O sus destellos, como sea. La muerte de Dariel es solo el principio. Otros reclamarán su antiguo rol y juntarán las piezas rotas. Por eso estoy aquí.

—Para hablar de nuestro futuro. No para darnos sus identidades para que podamos detenerlos preventivamente —Xai lo expresó como una declaración, no como una pregunta.

—El destino sucederá con o sin mi participación, algo que algún día entenderás. Si altero el camino de uno, éste alterará el de otros, pero el resultado final sucederá de todos modos. Así que permito que se desarrolle mientras posiciono mis peones de acuerdo a ello.

—Como enviarnos al Infierno —dije, sin estar segura de cómo me sentía respecto al ser llamada "peón".

—Precisamente, y ambos influisteis a los otros apropiadamente. Ahora, esperamos, y aprendemos, y crecemos. Lo que me lleva de vuelta al desequilibrio. Seguramente ya habéis sentido los cambios, ¿cierto?

—Es un poco difícil pasar por alto el oscuro cielo —respondí mientras sostenía la mirada de Xai. Sonrió con suficiencia en respuesta, pero permaneció en silencio.

—Todo está cambiando, no solo en el Infierno, también en el Cielo. ¿Alguna vez te has preguntado por qué fuiste puesto en la Tierra?

—Siempre he asumido que tenías un propósito —respondió Xai—. Además de destruir mi relación con

Evangeline, imagino que deseabas enseñarme sobre la humanidad.

—Vuestra relación juntos es fuerte por todo lo que habéis soportado —el cariño en su voz hizo que fuera difícil que me dejara de agradar por el hecho de encontrarse jugando una partida de ajedrez con nuestras vidas. Difícil, pero no imposible —. Y sí, la humanidad, Xai. Necesitaste la experiencia más que nadie por lo que ya te has convertido.

Finalmente apartó la vista de mí y su mirada viajó sobre mi hombro hacia la mujer que estaba detrás de mí.

—¿Y en quién me he convertido?

—¿No lo ves? El caos favorece a la noche mientras que el destino prospera en la luz, pero tú encarnas el gris. Ambas entidades en una, mi niño.

Xai parpadeó.

—Me estás hablando con acertijos.

Ella dio un pisotón.

—Claro que no. Esto tiene mucho sentido. ¿Quién eres?

—Hijo del caos.

—Ya no —respondió—. ¿Quién eres, Xai? Mira profundamente, considera mis palabras. Ya no eres el hijo de un Arcángel, sino un Arcángel tú mismo. Y estás destinado a liderar con Evangeline a tu lado.

Descansé mi cabeza contra su pecho, con mi oído justo sobre su corazón.

Para toda la eternidad.

Sabía que ya no estabas enfadada conmigo.

Oh, lo estoy, pero me lo compensarás cuando esta enigmática conversación termine. Su palma descendió a mi espalda baja mientras sus alas rozaban las mías casi de manera tranquilizadora. *Tú me quieres.*

Sí, es verdad, acepté suavemente. *Incluso cuando quiero matarte.*

—Dejad de coquetear y pensad —regañó su madre—. La respuesta está ahí. Justo en la cúspide de vuestros pensamientos. ¿Por qué Evangeline sobrevivió al reino de las Sombras? Estuvo allí por mucho más tiempo del que ambos creéis. ¿Por qué pudo hacer que le crecieran alas en el inframundo?

Xai me examinó durante un largo momento antes de decir:

—Por profundizar nuestro vínculo. Tomó prestada mi oscuridad y caos, permitiéndole así prosperar en un mundo en el que de otro modo se asfixiaría.

—Sí, ahora ve más profundo —animó, sonando emocionada—. ¿Quién eres, hijo?

Energía antigua danzaba dentro de sus iris negros, haciendo que el vello de mis brazos se erizara. Electricidad zumbaba a través de su piel mientras su potencial subía a la superficie.

—Tu deseo es que permanezca en el Cielo —las palabras fueron pronunciadas con firmeza, como si ya hubiera visto el camino que tenía por delante.

—Es la voluntad del destino, sí.

—Porque esto es solo el principio —añadió, recordándome a la advertencia de Lucía a Alastor—. Los antiguos ya no son lo suficientemente fuertes para mantener el equilibrio. Ese es el movimiento que sentí antes. No se trató de ningún daño al Cielo; el poder se estaba transfiriendo a otros... yo.

—Sí —la anticipación enfatizó esa única palabra—. Dime, Xai.

Sus ojos nuevamente encontraron los míos y esa antigua energía abandonó sus ojos negros.

—Soy el Arcángel de las Sombras y Evangeline es mi Consorte de las Sombras.

Umm...

—Y mi trabajo aquí está hecho —dijo su madre, sonando aliviada—. Disfrutad de vuestra noche. Hablaremos más por la mañana, estoy segura.

El sonido de sus alas hizo que mi mandíbula cayera más que

las palabras de Xai. ¿Acaso ella acababa de dejar una bomba en nuestra puerta y luego se había... marchado?

Aquí está vuestro destino trazado. ¡Pasadlo bien! Oh, y tenéis nuevos títulos. Espero que os gusten. ¡Salud!

—Eso es bastante típico de mi madre —murmuró Xai, sonando no tan alarmado como yo me sentía.

—¿Consorte de las Sombras? —Repetí—. ¿Y tu madre prácticamente nos acaba de decir que el destino del mundo está en nuestras manos y que buena suerte con eso?

Asintió con la cabeza.

—Así es como lo he interpretado, sí —subió y bajó su mano por toda mi espalda—. Y me gusta bastante tu nuevo título, Consorte.

Resoplé.

—Ya, Arcángel.

—Me gusta la forma en que suena.

—No te acostumbres.

—Oh, creo que lo haré —me acarició la nariz. Su sonrisa era odiosamente encantadora—. Por un momento me preocupó que mi madre me proclamara Príncipe del Infierno.

—No, solo Rey del Reino de las Sombras, aparentemente.

Frunció el ceño, considerando.

—Supongo que eso tiene sentido, y es la razón por la que puedo ver todos los reinos del Infierno. Siempre asumí que estaba relacionado con mi caótico derecho de nacimiento, pero también está ligado al destino.

—"*Tú encarnas el gris. Ambas entidades en una*" —dije, repitiendo las enigmáticas palabras de su madre—. Eh. Ella a veces es coherente.

Envolví mis piernas alrededor de su cintura mientras me levantaba en sus brazos.

—Siempre ha sido una titiritera, de ahí nuestra estancia en la Tierra. Nos estaba preparando para nuestro rol aquí, pero hay un beneficio en cuanto al ascenso.

Me llevó a través del umbral. Su dirección confirmaba que nos dirigimos al dormitorio.

—¿Implica follar? —Pregunté, conociendo su idea fija.

—Absolutamente —murmuró, con sus labios rozando los míos —. Con alas, Evangeline. Porque si nos quedamos aquí podremos conservarlas.

Mi corazón dio un vuelco y la euforia hirvió mi sangre. Echaba de menos volar más que a nada en mi existencia y sabía que Xai se sentía igual.

—Pero, ¿qué hay del Origen Oscuro y nuestras responsabilidades en la Tierra?

—Algo me dice que se espera que hagamos ambas cosas —respondió, tendiéndome sobre su cama con su cuerpo sobre el mío—. Pero con muchas más visitas aquí arriba —colocó sus codos a ambos lados de mi cabeza y su mirada se volvió seria—. Podríamos decir que no, amor. No puedo decir qué pasará si lo hacemos, pero es uno de los caminos.

—¿Decir que no a todo y simplemente huir para estar juntos? —Susurré—. ¿Realmente retirarse? ¿A eso te refieres?

—Sí —respondió con la misma suavidad de antes—. Podríamos ir a donde quisieras, escondernos de todos y de todo, y ser nosotros. Solo nosotros.

—Es tentador —admití.

—Lo es.

—E incorrecto —añadí.

—Lo es —repitió.

Suspiré, odiando toda esta mierda del destino.

—¿Por qué los demonios y los ángeles no pueden llevarse bien y ser amigos?

—Porque eso sería aburrido.

Bueno, eso era cierto. Recorrí mi mano a lo largo de sus exuberantes alas en cuanto a su textura sedosa.

—Me gustas así.

—¿Desnudo?

—Y con alas —sonreí, acariciando su fuerza—. Si nos quedamos, ¿podríamos conseguir un lugar juntos fuera de la ciudad? ¿Uno en el que tu madre no pueda simplemente llegar de sorpresa cuando yo esté desnuda? —Era una preocupación razonable ya que había ocurrido dos veces.

—¿Te refieres a un lugar como nuestro hogar en las montañas?

Asentí con la cabeza.

—Con un arsenal y un lugar para entrenar —dije.

Emoción surcó su expresión.

—La seducción es uno de mis pasatiempos favoritos.

—Lo sé —mis labios se inclinaron para tocar con los suyos —. Necesitaré una habitación para mis cuchillas.

—Ahora solo intentas seducirme —murmuró.

Fingí ingenuidad.

—Es una petición justa. Necesito un lugar para entrenar y perfeccionar mis técnicas.

Gimió y sus labios descendieron a mi cuello.

—Evangeline —gruñó.

—¿Qué? Sabes cuánto me gusta practicar mis lanzamientos.

Mordió con fuerza mi latido, causando que me arqueara hacia él, quien estaba más que listo para su marca de amor.

—¿Es eso un sí? —Susurré—. ¿A nosotros adquiriendo nuestro propio lugar?

Su casa era bonita, pero yo preferiría tener una a la que pudiera llamar *nuestra*. Algo que nunca necesitamos gracias a que todo este tiempo habíamos vivido en la Tierra.

Me tomó la boca con un beso ardiente, quemándome de adentro hacia afuera. Cielos, follaba con la lengua como lo hacía con su cuerpo y yo lo adoraba. Tan dominante. Tan caliente. Tan *mío*.

—Sí —dijo con dureza mientras sus labios poseían los míos —. Sí a todo, Evangeline.

—¿Para la eternidad?

—Para la eternidad.

Una promesa. Un futuro.

Un amor que valía el mundo entero y más.

—Te quiero, Arcángel de las Sombras.

—Yo también te quiero, Consorte de las Sombras.

EL FIN
POR AHORA

¡GRACIAS POR LEER! Si le han gustado Xai y Eve, entonces es probable que también disfrutes de Issac y Stas del mundo Immortal Curse. Empiece hoy mismo la serie con *Blood Laws*.

O tal vez se le apetece algo un poco más oscuro. Si ese es el caso, échele un vistazo a la serie Blood Alliance.

SAGA "ORIGEN OSCURO"

¿Qué Sigue?

Hijo del Caos es el segundo libro de la saga Origen Oscuro. Los libros del tercero al séptimo presentarán a otros personajes del universo Origen Oscuro mientras luchan contra el desequilibrio que amenaza a los reinos.

Debido a la forma en que el tiempo funciona en esta saga, los libros del tercero al séptimo se llevarán a cabo principalmente durante Hijo del Caos. Esto nos permitirá explorar todas las complicadas relaciones y ver cómo se entrelazan entre sí. Cada novela presentará su propio conflicto y proporcionará una visión única que nos llevará a la(s) novela(s) final(es) de la saga.

Eve y Xai volverán...

LISTA DE CANCIONES

Hijo del Caos

Another Day - This Mortal Coil
Bad at Love - Halsey
Bandito - Twenty One Pilots
Do You Realize - Ursine Vulpine
I'll Keep Coming - Low Roar
Ipswich - Georgi Kay
Part VI (Valhalla Rising) - Ursine Vulpine
Scary People - Georgi Kay
Shadow Preachers - Zella Day
Song to the Siren - This Mortal Coil
Swan Song - Lana Del Rey
This Is Not the End - Fieldwork
Toxins - Georgi Kay
Wanted You More - Lady Antebellum

AGRADECIMIENTOS

Ante todo, a mi marido por tolerar mis horas hasta muy noche y todas las conversaciones dentro mi cabeza. Te quiero <3

Allison: En serio, estaría perdida sin ti. ¡Gracias por estar siempre a mi lado escuchando mis ideas, prestando atención a todos los pequeños detalles, identificando mis repeticiones y por leer *Hijo del Caos* en tan poco tiempo!

Bethany: ¡Gracias por editarme este libro por partes! Lamento los pequeños infartos, los momentos de máximo suspenso y por inspirar tu necesidad de escribir fan fiction a veces (para resucitar ciertos personajes). ¡Me encanta trabajar contigo!

Barb & Delphine: Gracias a ambas por siempre revisar mi trabajo con una visión crítica, corregir todas mis palabras y ofrecer retroalimentación invaluable. Ambas se han convertido en una parte vital de mi equipo y las aprecio chicas más de lo que puedo expresar.

Louise y Melissa: Ambas mantienen vivas las páginas de mis redes sociales, pero, más importante aún, me mantienen progresando. Su amistad significa el mundo para mí. ¡Gracias!

Amy, Barb, Joy, Laura, Louise, Sarah & Tracey: Gracias a

todas por leer *Hijo del Caos* y por sus valiosos comentarios. No me dejáis salir del atolladero fácilmente y YO AMO eso. ¡Gracias!

Famous Owls: Gracias a todos por vuestro continuo apoyo, comentarios y energía positiva. Todos vosotros me hacéis sonreír diariamente :)

Nada de esto sería posible sin mi equipo ARC y los Famous Owls de Foss. ¡Gracias, gracias, gracias!

Y a los lectores: Gracias por leer *Hijo del Caos*. Espero que nuevamente hayan disfrutado leyendo sobre Evangeline y Xai, ya que sospecho que tienen al menos otro libro en esta saga...

ACERCA DEL AUTOR

La autora de best-sellers del *USA Today*, Lexi C. Foss, es un escritora perdida en el mundo de la informática. Vive en Atlanta, Georgia, con su marido y sus peludos hijos. Cuando no se encuentra escribiendo, está ocupada tachando cosas su lista de lugares para visitar. Muchos de los lugares que ha visitado se pueden ver en sus escritos, incluyendo el mítico mundo de Hydria que está basado en Hydra en las islas griegas. Es poco convencional, bebe demasiado café y le encanta nadar.

¿Quiere acceder a la información más actualizada de todos los libros de Lexi?
Suscríbase a su boletín aquí.

A Lexi también le gusta pasar el rato con los lectores en Facebook en su exclusivo grupo de lectores.

Puede encontrar a Lexi aquí:
www.LexiCFoss.com

OTRAS OBRAS DE LEXI C. FOSS

Book Four: Elder Bonds

Book Five: Blood Bonds

Book Six: Angel Bonds

Book Seven: Blood Seeker

Mershano Empire Series - Contemporary Romance

Book One: The Prince's Game

Book Two: The Charmer's Gambit

Book Three: The Rebel's Redemption

Midnight Fae Academy - Reverse Harem

Ella's Masquerade

Book One

Book Two

Noir Reformatory - Ménage Paranormal Romance

The Beginning

Underworld Royals Series - Dark Paranormal Romance

Happily Ever Crowned

Happily Ever Bitten

X-Clan Series - Dystopian Paranormal

Andorra Sector

X-Clan: The Experiment

Winter's Arrow

Other Books

Scarlet Mark - Standalone Romantic Suspense

www.ingramcontent.com/pod-product-compliance
Lightning Source LLC
Chambersburg PA
CBHW032003240626
47153CB00003B/1107